Wolfgang Schweiger · Tödliches Landleben

Gruber und Bischoff haben es mit einem brisanten Fall zu tun. Die Ex-Terroristin Anna König, die nach über 20 Jahren aus der Haft entlassen wurde, ist spurlos verschwunden. Bei ihren Ermittlungen stellen die Kommissare fest, dass sie zuvor versucht hatte, einen hochrangigen Lokalpolitiker zu erpressen. Hatte dieser Angst vor einer Enthüllung so kurz vor den Wahlen? Auch das LKA schaltet sich ein – sehr zum Missfallen von Gruber und Bischoff, die fürchten, dass etwas vertuscht werden soll. Als zwei ehemalige Komplizen der Terroristin in Erscheinung treten, wird der Fall noch undurchsichtiger. Und wo ist Anna König? Schließlich gerät Gruber auf der Suche nach ihr in größte Gefahr.

Wolfgang Schweiger wurde 1951 in Traunstein geboren. Er schreibt seit Mitte der 1980er Jahre Kriminalromane und Drehbücher für TV-Serien. 2008 erschien sein erster erfolgreicher Chiemgau-Krimi „Der höchste Preis“ (5. Auflage). 2009 folgte „Kein Ort für eine Leiche“ (3. Auflage), 2010 „Tödlicher Grenzverkehr“ (4. Auflage) und im Jahr 2012 „Draußen lauert der Tod“ (2. Auflage).

Wolfgang Schweiger

Tödliches Landleben

PENDRAGON

Die Wahrheit richtet sich nicht danach, ob wir sie aushalten können.

Flannery O'Connor

1

Vier Tage, bevor sie spurlos verschwand, stand Anna König auf dem Mühlberg, einer kleinen Anhöhe mit Kirche und Blick auf den Waginger See, und hielt Ausschau. Der Mann würde allein kommen, hatte man ihr versichert. Allein, Punkt 15 Uhr und am Steuer eines anthrazitfarbenen BMW mit Traunsteiner Kennzeichen. Und selbstverständlich habe sie absolut nichts zu befürchten, würde man wie vereinbart vernünftig und zivilisiert miteinander umgehen. Anna war dennoch beunruhigt. Sie lief ein paar Schritte auf und ab, taxierte erneut den Waldrand an der Südseite des Parkplatzes. Falls es Schwierigkeiten gab, würden sie von dort ausgehen. Von dem mit Fichten bewachsenen Abhang, in dem sich locker ein Profi verstecken und auf seine Chance warten könnte. Ein ehemaliger Elitesoldat oder Ex-Geheimagent, der Dinge tat, die niemals herauskommen durften. Sie überlegte kurz, ob sie nicht doch einen Blick in das Waldstück werfen sollte, entschied sich aber dagegen. Auf die Weise würde sie dem Kerl nur in die Arme laufen. Nein, ihre einzige Chance war, hier oben zu warten und auf das Beste zu hoffen. Darauf zu vertrauen, dass die Gegenseite nicht so dumm wäre, schon jetzt falsch zu spielen.

Das ältere Paar, das bei ihrer Ankunft gerade in der Kirche verschwunden war, kam auf den Parkplatz zurück. Die zwei gingen schnurstracks zu ihrem Van, ohne Anna besonders zu beachten. Und wieso auch? Seit ihrer Entlassung und den damit verbundenen Medienberichten waren bereits über sechs Monate vergangen und aktuelle Fotos hatte es dazu ohnehin nicht gegeben. Zwar hatte sie befürchtet, dass sie vielleicht kein Zimmer bekommen würde, wenn die Vermieter ihren Namen hörten, aber auch diese Sorge hatte sich als unbegründet erwiesen. Ihre Pensionswirtin hatte sie nur kurz gemustert undgefragt, wie lange sie denn bleiben wolle, mehr nicht. Der Van fuhr ab, und Anna blickte auf die Uhr. Exakt 15 Uhr. Exakt die Zeit, die ausgemacht war. Nur eine harmlose Verspätung oder fingen die Psychospielchen schon an?

Hundegebell ließ Anna herumfahren. Sie erblickte einen braunfleckigen Mischling, gefolgt von drei Kindern, die den Fußweg von Waging heraufgekommen waren. Die drei machten bei der Kirche Halt, schauten kurz zu Anna herüber und stürmten Sekunden später mit Geschrei wieder hinunter. Anna lächelte zufrieden. Wieder ein paar potenzielle Zeugen mehr, die dafür sorgten, dass man sie nicht einfach so beiseite schaffen konnte. Was so ein kleiner Wallfahrtsort doch alles bewirkte, ein einziges Kommen und Gehen. Als sie wieder auf die Straße blickte, die von Gaden heraufführte, verdüsterte sich ihre Miene. Noch immer kein dunkler BMW in Sicht. Sie fröstelte plötzlich. Vielleicht ist er aufgehalten worden, versuchte sie sich zu beruhigen. Andererseits, konnte man bei so einer wichtigen Angelegenheit nicht erwarten, dass der Mann sich rechtzeitig auf den Weg machte, dass er seine Aufgabe als Unterhändler ernst nahm?

Anna ging um ihren Fiat Panda herum, öffnete die Beifahrertür und griff nach ihrer Umhängetasche. Sie hatte seit dem Frühstück nichts mehr gegessen und fühlte sich trotz der ganzen Aufregung unversehens erschöpft und ein wenig daneben. Sie nahm die Tafel Schokolade heraus, die sie an der Tankstelle in Waging gekauft hatte, und behielt die Tasche kurz in der Hand. Sie dachte an die zwei Jahre zurück, in denen drei Dinge zum unverzichtbaren Inhalt ihrer diversen Taschen gezählt hatten: eine geladene Pistole mit Ersatzmunition, etliche tausend Mark Bargeld und Tabletten zum Wachhalten. Zwei Jahre ständig auf der Hut, ständig auf dem Sprung. Aber auch mit der Gewissheit, dass sie sich notfalls wehren könnte. Sie brach ein Stück von der Schokolade ab, im selben Augenblick ertönte von unten ein Motorengeräusch und eine dunkle Limousine drängte sich in Annas Blickfeld.

Sie verfolgte die Anfahrt des Wagens, bis der BMW etwa fünf Meter von ihr entfernt anhielt, der Fahrer den Motor abstellte und noch ein, zwei Sekunden lang sitzen blieb, ehe er die Wagentür aufstieß und ausstieg. Er entsprach genau dem Bild, das sie im Internet von ihm entdeckt hatte. Ein massiger Kerl mit feistem Gesicht und tief- liegenden Augen, das noch volle, dunkelblonde Haar straff nach hinten gekämmt. Er trug Jeans und ein Sportsakko und wirkte trotz seines erheblichen Übergewichts nicht schwerfällig. Er blickte Anna mit einer Mischung aus Unbehagen und Neugier an.

„Ich dachte schon, Sie hätten unsere kleine Verabredung vergessen",sagte Anna mit bemüht scharfer Stimme.

„Ich bin ein viel beschäftigter Mann", erwiderte er. „Da müssen Kleinigkeiten eben mal warten." Der Mann trat einen Schritt näher und musterte Anna ungeniert von Kopf bis Fuß. „Dafür, dass Sie mal eine unglaublich hübsche Person waren, haben Sie sich ganz schön verändert", sagte er schließlich. „Kaum zu glauben, dass wegen Leuten wie Ihnen mal die Hölle los war in diesem Land."

Anna sagte nichts. Sie war nur erleichtert, dass ihr Gegenüber sie nicht duzte. Immerhin waren vierundvierzig Jahre vergangen, seit sie mit dem Kerl zu tun gehabt hatte: Franz Dobschütz, damals ein mageres Bürschchen mit Aknenarben auf der Stirn, den sie als humorlosen Strebertyp in Erinnerung hatte, der bei den Mädels entsprechend schlecht ankam. Aber leider auch schon damals der beste Freund des Mannes, den sie nun an der Angel hatte.

„Interessanter Treffpunkt", sagte Dobschütz weiter. „Wart ihr beide damals auch hier oben?"

„Wir haben's auch hier oben getrieben, ja", erwiderte Anna schroff.

Dobschütz nickte mit nachdenklicher Miene. „Kann ich mir denken", murmelte er und straffte sich. „Also dann, kommen wir zur Sache: Wie viel wollen Sie für die verdammten Briefe?"

„Nicht viel. Jedenfalls nicht für seine Verhältnisse."

„Ach ja? Da bin ich ja gespannt …"

„Fünfzigtausend. Und bar auf die Hand, versteht sich."

Dobschütz starrte sie an. „Wie bitte?"

„Fünfzigtausend …", wiederholte Anna, leicht verunsichert durch die Überraschung, die sich in Dobschütz' Gesicht abzeichnete. Hatte sie zu hoch gepokert?

„Jetzt machen Sie sich mal nicht lächerlich", sagte Dobschütz. „Selbst wenn die Sache publik werden sollte, ist sie nach einer Woche wieder vergessen. Ich meine, wenn der Ludwig irgendeinen Scheiß gebaut hätte, der nie aufgedeckt oder vertuscht worden wäre, so was wie schwere Körperverletzung vielleicht oder was mit harten Drogen, dann müssten wir uns vielleicht Sorgen machen. Aber eine ganz normale Liebesgeschichte unter Teenagern, da kräht doch heute kein Hahn mehr nach. Egal, was Sie in der Zwischenzeit alles angestellt haben."

„Und wieso sind Sie dann überhaupt gekommen?"

„Nun ja ..." Dobschütz mühte sich ein Grinsen ab. „Sagen wir, ich war einfach neugierig. Von mir wollte die feine Dame damals ja nichts wissen ..."

Aus gutem Grund, dachte Anna, ging aber nicht darauf ein. „Kann schon sein, dass sich niemand darüber aufregt", sagte sie. „Kann aber genauso gut sein, dass die Sache ungeahnte Wellen schlägt, gerade jetzt im Wahlkampf, wo seine Partei jede Stimme braucht. Immerhin ist er mit etlichen Leuten in der Regierung gut befreundet und ein wichtiger Mann, der schon für mehrere Posten im Gespräch war, zum Beispiel als Umweltminister. In Amerika wäre er nach so einer Enthüllung jedenfalls Gift für seine Partei. Und Sie wissen genau, dass immer irgendwas hängen bleibt, und vielleicht macht genau das den Unterschied aus. Lausige fünfzigtausend für eine gewonnene Wahl ist kein zu hoher Preis, finde ich."

Dobschütz schüttelte den Kopf. „Selbst wenn, wäre es völlig unmöglich. Woher soll er so viel Geld denn nehmen?"

„Woher er es nimmt, ist mir egal. Aber erzählen Sie mir nicht, dass er nicht die Möglichkeit dazu hätte. Soviel ich gehört habe, hat er jede Menge Grundbesitz, ein Ferienhaus am Gardasee und bestimmt auch beste Verbindungen zu Leuten, die noch viel mehr haben."

„Das kann schon sein. Trotzdem kann ich mich nur wiederholen: Das ist die Sache nicht wert." Dobschütz trat einen weiteren Schritt auf Anna zu und deutete mit dem Zeigefinger auf ihre Brust. „Und noch eines: Seien Sie lieber froh, dass ich nicht die Polizei mitgebracht habe. Denn das, was Sie hier machen, ist eindeutig Erpressung. Eine ganz miese Erpressung. Kein Wunder, dass Ihre Tochter nichts mit Ihnen zu schaffen haben möchte. Erst Mord und Entführung, und jetzt auch noch Erpressung!"

„Lassen Sie meine Tochter aus dem Spiel, okay?", fuhr Anna den Mann an.

Dobschütz hob abwehrend die Hände. „Schon gut, schon gut …"

Erneutes Hundegebell lenkte Anna ab. Wieder die Kinder, die sich nun in Begleitung von drei Erwachsenen um die dreißig näherten. Zwei Frauen, die sich angeregt unterhielten, während der Mann sich mit seinem Handy beschäftigte. Anna lächelte ihnen freundlich zu, Dobschütz dagegen kehrte der kleinen Schar den Rücken zu und wartete, bis alle vorbeigetrottet waren.

„Darf ich Sie was Persönliches fragen?", fragte Dobschütz.

Anna nickte unwillig.

„Wie stehen Sie eigentlich heute zu dem, was Sie gemacht haben? Zeit zum Nachdenken hätten Sie ja reichlich gehabt."

„Wieso wollen Sie das wissen?"

„Hätte mich nur interessiert …"

„Wenn Sie es genau wissen wollen: Wir haben vielleicht einiges falsch gemacht, aber das, was wir damit erreichen wollten, war richtig."

„Und das wäre gewesen?"

„Eine gerechtere Gesellschaft, was sonst?"

„Herbeigeführt mit Mord und Totschlag …"

„Behalten Sie Ihre Moral für sich, okay. Machen Sie mir lieber einen Gegenvorschlag", insistierte Anna. „Oder müssen Sie erst rückfragen, bevor Sie mir eine Summe nennen können?"

„Fünfzigtausend", erwiderte Dobschütz mit einem Kopfschütteln. „Also ich muss schon sagen, Sie machen mir echt Spaß. Was wollten Sie mit so viel Geld eigentlich anfangen? Man möchte doch meinen, dass Sie sich inzwischen an einen, sagen wir mal, etwas bescheideneren Lebensstil gewöhnt haben.“

„Das kann Ihnen doch egal sein …“

„Na schön, ich will kein Unmensch sein: Ich biete Ihnen fünftausend. Für sämtliche Briefe, versteht sich. Und das auch nur, weil ich es dem Ludwig ersparen möchte, sich weiter mit Ihnen beschäftigen zu müssen. Und danach verschwinden Sie aus der Gegend und lassen sich hier nie wieder blicken.“

„Fünftausend“, wiederholte Anna ungläubig.

„Genau. Fünftausend und keinen Cent mehr. Und damit kommen Sie noch verdammt gut weg, würde ich sagen.“

Anna wandte sich ab und blickte zur Kirche, um ihre Enttäuschung vor Dobschütz zu verbergen. Sie holte ein paar Mal tief Luft, konnte es nicht fassen, diese Abfuhr, diese Arroganz, und dazu noch diese Drohung mit den Bullen.

Hatte sie die Situation wirklich so falsch eingeschätzt? Und was jetzt? Sollte sie klein beigeben oder es darauf ankommen lassen?

„Fünfzehntausend“, sagte sie, ohne Dobschütz dabei anzusehen. „Fünfzehntausend oder ich stelle die Briefe ins Internet. Unter anderem, versteht sich.“ Sie drehte sich um und blickte Dobschütz fest in die Augen. „Und denken Sie nicht mal dran, mich reinzulegen. Ich habe mich mehrfach abgesichert."

Dobschütz lächelte vage. „Jetzt nehmen Sie sich mal nicht so wichtig, ja. Wer sollte Sie schon reinlegen wollen?"

Anna sagte nichts.

„Na gut, ich werd's mir überlegen", sagte Dobschütz. „Aber nur, wenn ich vorher die Briefe auch zu sehen kriege, wenigstens einen davon. Könnte ja sein, dass Sie hier nur bluffen."

Anna drehte sich um, ging die paar Schritte zu ihrem Wagen und holte den Brief samt Kuvert aus ihrer Handtasche. Sie hatte von den insgesamt fünf Briefen, die erhalten geblieben waren, zwei auf ihre Reise mitgenommen. Der andere lag in ihrer Reisetasche in der Pension. Sie händigte Dobschütz das vergilbte und schon reichlich zerknitterte Exemplar aus und sagte: „Ich melde mich dann morgen bei Ihnen, die Nummer habe ich ja."

„Okay."

Dobschütz steckte das Kuvert in seine Sakkotasche und warf Anna noch einen verächtlichen Blick zu, bevor er in seinen BMW stieg und wegfuhr.

2

Anna wartete, bis der BMW außer Sichtweite war, stieg dann in ihren Fiat und fuhr ebenfalls los. Wenige Minuten später bog sie zum dritten Mal seit ihrer Ankunft in den Parkplatz vor dem Waginger Kurhaus ein, wie magisch angezogen von diesem Ort. Auch wenn das Gebäude, in dem damals die heißeste Diskothek zwischen München und Salzburg zu finden war, heute einen Supermarkt beherbergte, und auch sonst sich vieles verändert hatte, es war hier unten am Waginger See gewesen, wo sie über Nacht erwachsen geworden war. So wie man sagt: Man wird nicht älter, sondern wacht eines Morgens auf und ist alt. Hier unten hatte sie erstmals den ganzen bürgerlichen Mief hinter sich gelassen, hatte angefangen zu leben, frei und ungestüm. Sex mit dem Maierhofer und ein paar anderen, die ersten Drogen und die ersten Diskussionen über die Notwendigkeit einer revolutionären Erhebung. Begleitet vom Soundtrack der Doors, ihrer damaligen Lieblingsband. Die schönsten Wochen ihres Lebens!

Sie blieb kurz im Wagen sitzen, um zu sehen, ob ihr jemand gefolgt war, aber nichts. Nur ein Radfahrer mit Helm, Sonnenbrille und knallbuntem Anorak kam die Straße herabgesaust und verschwand in

Richtung Campingplatz. Anna stieg aus und ging los, noch immer wütend über Dobschütz' Auftritt. Aber was sollte sie machen? Dass der Mistkerl versuchen würde, den Preis zu drücken, war ihr klar gewesen, aber vielleicht nicht mal fünfzehntausend, damit hatte sie nicht gerechnet. Zumal sie das Geld dringend brauchte. Wie hatte Nick gleich zu ihr gesagt, nachdem er sich nach langem Hin und Her bereit erklärt hatte, ihr unter die Arme zu greifen: „Ich helfe dir nur dieses eine Mal. Und das auch nur, weil ich ein sentimentaler Mensch bin." Dieser Schleimer! Früher mal die große Klappe, aber selbst nie aktiv geworden, nie etwas riskiert. Dafür heute mit einer Kanzlei, die ihm schätzungsweise eine Viertelmillion im Jahr einbrachte. Und was hatte er letztendlich herausgerückt? Läppische achttausend Euro, die für den Kauf des Fiat, die Kaution für die winzige Wohnung und die ersten Mietzahlungen fast schon wieder verbraucht waren.

Sie seufzte und schlenderte weiter, hinab zum Seeufer, wo sich neben ein paar Spaziergängern die ersten Badegäste herumtrieben. Meist ältere Leute, denen die für Ende April noch recht kühlen Temperaturen nichts auszumachen schienen. Sie blickte auf den See hinaus und dachte erneut über ihr Gespräch mit Dobschütz nach. Vermutlich würden sie sich irgendwo in der Mitte treffen, also bei etwa zehntausend. Und danach? Sie könnte wieder zurück zu Holger und Nina nach Portugal, wo sie schon den Winter verbracht hatte. Aber wieder zurück in die Einsamkeit, zu den lausigen Verhältnissen und dem Bekehrungsfimmel des inzwischen tiefgläubigen Paars? Auch keine sehr reizvolle Aussicht. Am Seeufer angekommen, wandte sie sich nach links zum Campingplatz und suchte erstmals nach der Stelle, wo sie seinerzeit ihr Zelt aufgeschlagen hatten. Aber sie fand nur Wohnwagen vor, ordentlich aneinandergereiht und von vermutlich ebenso ordentlichen Menschen bewohnt.

Plötzlich hungrig geworden eilte sie zurück auf den Parkplatz und fuhr nach Waging hinein, wo sie ihren Fiat auf dem Parkplatz vor dem Friedhof abstellte. Nach einigem Suchen entdeckte sie in der Ortsmitte ein italienisches Restaurant und stand schon am Eingang, als ein junges Pärchen ihre Aufmerksamkeit erregte. Ein auffällig großer, kräftig gebauter Mann um die fünfundzwanzig und eine eher zierliche, aber energisch wirkende Frau etwa gleichen Alters. Sie kamen gerade aus einer Bäckerei schräg gegenüber und wandten sich einem wenige Meter entfernt geparkten Kombi zu. Sie blickten nicht zu ihr herüber, aber Anna war sich ziemlich sicher, die zwei schon irgendwo einmal gesehen zu haben. Aber nicht hier in der Gegend, sondern bei sich zuhause, in der Nähe ihrer neuen Wohnung. Vor zwei Wochen etwa, als sie von einem Ausflug ins Bergische Land zurückgekommen war. Da hatten sie an einem Kiosk gestanden, den sie auf der Suche nach einem Parkplatz passiert hatte.

Die zwei stiegen in den Wagen ein und teilten sich etwas aus der Papiertüte mit Einkäufen, die die Frau aus dem Supermarkt mitgebracht hatte. Anna war unschlüssig, ob sie dennoch eine Kleinigkeit essen oder sich besser aus dem Staub machen sollte. Dass sie seit ihrer Rückkehr aus Portugal zumindest zeitweise observiert wurde, war ihr nicht entgangen. Deswegen hatte sie auch den Mühlberg als Treffpunkt gewählt, wo man eventuelle Beschatter schon von Weitem ausmachen konnte. Aber falls die zwei wirklich auf sie angesetzt waren, was hatten sie dann hier zu suchen? Sie hatte bis vor wenigen Minuten ja selbst nicht gewusst, dass sie hierherkommen würde.

Na schön, dachte sie schließlich, Hauptsache, sie haben das mit dem Dobschütz nicht mitgekriegt. Sie betrat das Restaurant, und als sie aus dem Fenster auf die Straße hinausblickte, war der Kombi verschwunden.

3

Einen Tag später, es war kurz nach 16 Uhr, betrat Anna ein Café in Chieming. Sie suchte sich einen Platz am Fenster mit Panoramablick auf den Chiemsee und die dahinter liegende Bergkette und griff nach der Speisekarte. Sie fühlte sich erschöpft und bat die Bedienung als Erstes um ein Glas Leitungswasser. Nach dem ersten Schluck bestellte sie sich einen Cappuccino und ein Stück Mohnkuchen und widmete sich anschließend der Lokalzeitung, die auf dem Nebentisch gelegen hatte. Doch schon bald verlor sie das Interesse und starrte in Gedanken versunken zum Fenster hinaus. Falls Dobschütz Wort hielt, würde sie in wenigen Minuten im Besitz von zehntausend Euro sein. Übergeben von einer jungen Frau, die spätestens um 16:30 Uhr ins Café kommen würde. Ein Punkt, auf dem sie bestanden hatte: Die Übergabe sollte an einem öffentlichen Ort stattfinden, der Geldbote sichtbar werden. Windigezehntausend! Es war beinahe zum Lachen, wenn sie daran dachte, mit welchen Erwartungen, aber auch Ängsten sie hierhergekommen war. Aber gut, zehntausend waren besser als nichts und würden es ihr erst mal ersparen, schon wieder bei alten Freunden betteln gehen zu müssen.

Sie blickte auf die Uhr, noch knapp zehn Minuten, und nahm erneut die Zeitung auf. Sie überblätterte den Kulturteil, Kabarett und klassische Musik hatten sie noch nie interessiert, und studierte gerade das Kinoprogramm, als mehrere Personen das Lokal betraten und sich hinter ihrem Rücken umständlich und mit viel Geplapper und Stühlerücken an einen Tisch setzten. Und sie wollte sich gerade umblicken, als ihr bewusst wurde, dass ihr eine der Stimmen bekannt vorkam. Vor Überraschung fiel ihr fast die Zeitung aus der Hand und beinahe hätte sie auch noch ihre Kaffeetasse vom Tisch gefegt, so durcheinander war sie plötzlich.

Das war einfach unmöglich, das konnte nicht sein. Sicherlich nur eine Täuschung, sagte sie sich, widerstand aber dennoch dem Impuls, sich umzudrehen und sich sofort Gewissheit zu verschaffen. Stattdessen kniff sie die Augen zusammen und konzentrierte sich auf das Gespräch, in das die Stimme verwickelt war. Sie waren mindestens zu dritt, zwei Männer und eine Frau, schon etwas älter und keine Touristen, sondern Einheimische, dem Dialekt und Sprachgebrauch nach zu urteilen.

Es dauerte vielleicht eine Minute und Anna dachte schon, noch länger würde sie die Spannung nicht mehr aushalten, als die Stimme endlich wieder ertönte. Und nun war es eindeutig. Es war die

Stimme von Dirk Weber. Von Dirk, dem Verräterschwein. Von Dirk, der ihr zweiundzwanzig Jahre ihres Lebens gestohlen hatte. Von Dirk, den umzubringen sie sich tausendmal vorgestellt hatte. Er erzählte irgendetwas von einem Ausflug, den er unternommen hatte, mit einer Pointe, die sie nicht verstand. Jedenfalls lachten alle lautstark auf und ein anderer Mann nahm den Faden auf, führte aus, was er kürzlich Tolles erlebt hatte.

Anna drehte sich langsam zur Seite und fixierte mit vors Gesicht gehaltener Hand die Typen am betreffenden Tisch. Sie zählte vier Köpfe, doch die zwei Gesichter, die ihr zugewandt waren, sagten ihr nichts. Also musste es der Grauhaarige mit dem Pferdeschwanz sein, der neben einer blonden Frau mit dem Rücken zu ihr saß. Sie rieb sich die Wange und beugte sich wieder über ihre Tasse. Folglich hieß es abwarten, auch wenn es ihr zunehmend schwer fiel, Ruhe zu bewahren. Tausend Gedanken schossen ihr durch den Kopf: Was machte der Dreckskerl hier? Und wo war Marlene, dieses Miststück? Dass er wie sie auf der Durchreise sein könnte, schied wohl aus. Ebenso, dass er nur vorübergehend hier war. Dazu gingen diese Leute viel zu vertraut miteinander um. Es blieb nur eine Erklärung: Er lebte hier, war ein braver Bürger geworden, der seiner Arbeit nachging, pünktlich seine Steuern zahlte und dem einen oder anderen Verein angehörte. Untergetaucht in der Normalität sozusagen. Dass die Bullen ihn und Marlene irgendwo unterbringen würden, mit neuer Identität und etwas Startkapital, war ihr seinerzeit natürlich klar gewesen. Allerdings hatte sie angenommen, dass die beiden sich ins Ausland verzogen hätten, weit weg von Deutschland. Hatten sie nichts gefunden, was ihnen zugesagt hätte? Oder hatten sie einfach Angst gehabt, sich in der Fremde eine Existenz aufzubauen?

„Alles in Ordnung bei Ihnen?“, unterbrach die Bedienung ihre Überlegungen.

Anna blickte verwirrt auf. Ihr war schlecht und sie hatte das Gefühl, sie müsste sich gleich übergeben. Sie schüttelte den Kopf und murmelte: „Danke, alles bestens.“

Was jetzt? Anna umklammerte mit beiden Händen ihre leere Kaffeetasse, ignorierte die neugierigen Blicke der zwei älteren Damen am Nebentisch, denen ihre Aufregung nicht entgangen war. Doch Dirk hielt nun weitgehend den Mund, dafür waren die anderen umso lauter. Aber nach gut fünf Minuten erspähte sie aus den Augenwinkeln, wie der Grauhaarige seinen Stuhl zurückschob, sich erhob und ihr für einen Sekundenbruchteil sein Gesicht zuwandte. Zuerst hätte sie ihn beinahe nicht wiedererkannt. Dass er ein paar Kilo zugelegt hatte und sein einst schmales Gesicht aufgedunsen und gerötet war, überraschte sie nicht. Immerhin war es über fünfunddreißig Jahre her, seit sie ihn zum letzten Mal gesehen hatte. Was ihr hingegen sofort auffiel, war seine Nase. Oder genauer gesagt: seine nicht mehr schiefe Nase. Deswegen hatte er es gewagt, im Lande zu bleiben, er hatte ein wenig an seinem Äußeren herumschnipseln lassen! Sie hätten ihm die Stimmbänder rausschneiden sollen, dachte sie grimmig, während sie zusah, wie er den Weg zur Toilette ansteuerte und im Halbdunkel des Flurs verschwand.

Anna saß reglos da und überlegte, was sie jetzt tun sollte. Nie im Leben hätte sie daran gedacht, dass ihr der Kerl noch mal über den Weg laufen würde, dass sich eine Gelegenheit finden würde, ihm seinen Verrat heimzuzahlen. Also, was müssten ihre nächsten Schritte sein? Klar, erst einmal müsste sie dafür sorgen, dass er sie nicht bemerkte. Anschließend müsste sie ihm folgen und Näheres herausfinden: Wo er wohnte, ob er noch mit Marlene zusammen war oder Familie hatte, was er beruflich machte und den ganzen Kram. Wäre dies erledigt, könnte sie sich eine Strategie zurechtlegen, einen todsicheren Plan. Denn eines stand fest: Noch einmal würde sie wegen dem Kerl nicht in den Knast gehen. Dieses Mal würde das Vergnügen ganz auf ihrer Seite sein.

„Haben Sie noch einen Wunsch?"

Schon wieder die Bedienung! Um ihre Ruhe zu haben, bestellte sie sich einen Toast mit Salat und Käse, den Blick unverwandt auf den Eingang gerichtet. Als seine Gestalt wieder sichtbar wurde, hielt sie sich erneut die Hand vors Gesicht, aber Dirk gesellte sich zu seinen Freunden, ohne sie zu beachten.

„Ist bei Ihnen noch frei?"

Eine Frau Ende dreißig stand am Tisch. Sportlicher Typ, leger gekleidet, leicht arroganter Blick. Anna nickte nur und begriff erst dann, dass dies die Geldbotin sein könnte. Unglaublich, dass sie dies vergessen konnte.

„Bitte", murmelte Anna.

Die Frau platzierte ihre Handtasche auf dem Stuhl zwischen ihnen und setzte sich.

Anna räusperte sich, in Gedanken wieder bei Dirk. Jetzt bloß kein Aufsehen erregen, befahl sie sich.

„Was ist?", fragte die Frau. „Haben Sie Angst? Sie sehen aus, als hätten Sie gerade ein Gespenst gesehen."

Anna starrte sie nur an. „Nein, wieso?", brachte sie schließlich heraus.

Die Frau lächelte vage. „Ich weiß nicht … Könnte ja sein, bei dem, was Sie so treiben."

„Wie bitte?" Annas Körper verkrampfte sich.

„Sie wünschen bitte?" Die Bedienung war wieder an ihren Tisch getreten.

Die Frau blickte hoch und schüttelte den Kopf. „Danke, ich bin gleich wieder weg."

„Also, Sie wissen Bescheid, aber ich wiederhole es trotzdem noch einmal", fuhr die Frau fort, nachdem die Bedienung sich einem anderen Gast zugewandt hatte. „Sie bekommen jetzt das Geld und übergeben nächste Woche, wenn Sie wieder zurück in Köln sind, sämtliche noch in Ihrem Besitz befindlichen Briefe an einen Mittelsmann, den wir Ihnen noch benennen werden."

„Ich habe doch gesagt, dass ich damit einverstanden bin."

Die Frau lächelte humorlos. „Was die Leute sagen und was sie tun, ist bekanntlich meistens zweierlei. Und deswegen sollte Ihnen eines klar sein: Durchaus möglich, dass Sie Herrn Maierhofer mit diesen Briefen ein bisschen ärgern könnten, aber das wäre nichts im Vergleich zu dem Ärger, den wir Ihnen bereiten könnten."

Anna nickte nur.

Die Frau griff in ihre Handtasche und brachte einen braunen, prall gefüllten Umschlag zum Vorschein. Sie legte den Umschlag vor Anna auf den Tisch, sagte nach einer Pause: „Einen schönen Tag noch“,erhob sich und ging hinaus, ohne sich noch einmal umzublicken.

Anna legte ihre Hand auf den Umschlag und versuchte wieder klar zu denken. Was für eine Ironie, aber die zehntausend Euro kamen genau zum richtigen Zeitpunkt. Damit hatte sie die Möglichkeit, in aller Ruhe alles vorzubereiten. Also, was jetzt? Sollte sie hier warten, bis Dirk aufbrach und ihm dann folgen? Oder wechselte sie besser den Standort, setzte sich draußen auf eine Bank und wartete, bis er herauskam. Und weiter? Falls er zu Fuß da war, was bedeuten würde, dass er in Chieming oder in nächster Umgebung wohnte, wäre es kein Problem, ihm auf den Fersen zu bleiben. Aber was, wenn er mit dem Wagen da war? Würde sie es schaffen, ihm unauffällig hinterher zu fahren, den Scheißkerl bis zu seinem Zuhause im Auge zu behalten?

„Hier, bitte schön.“ Ihr Toast wurde serviert, das Kaffeegeschirr weggeräumt.

Anna stopfte den Umschlag in ihre Handtasche und machte sich ans Essen. Durchaus mit Appetit, wie sie erstaunt feststellte. Wobei sie fast schon routiniert auf das Gespräch an Dirks Tisch achtete, um nicht durch einen plötzlichen Aufbruch der vier überrascht zu werden. Als sie fertig war, holte sie die Geldbörse aus ihrer Handtasche und winkte der Bedienung. Beim Hinausgehen spürte sie Dirks Blick im Rücken. Draußen sog sie gierig die frische Luft ein.

Geschafft.

Blieb die Frage, ob sie in der Nähe des Cafés warten sollte, versteckt in irgendeiner Nische, oder in ihrem Wagen. Der Parkplatz lag zwar nur wenige Schritte vom Café entfernt, aber sie hatte ihren Fiat am anderen Ende abgestellt, ohne Sicht auf den Eingang. Erst mal umparken. Auf halbem Weg über den Platz fiel ihr ein grüner, leicht verbeulter VW-Bus mit einem Firmenlogo auf: „Reiterhof am See". Die Adresse sagte ihr nichts, aber der Name des Betreibers ließ sie stutzen: Dieter Wegner. D und W! Hatte sie nicht mal gelesen, dass Leute gerne die Anfangsbuchstaben beibehalten, wenn sie ihren Namen ändern? War Dirk Weber zu Dieter Wegner geworden? Sie warf einen Blick in das Wageninnere, konnte aber nichts entdecken, was ihr weitergeholfen hätte. Sie ging weiter, setzte sich in ihren Fiat und kurvte über den Platz, bis sie eine Lücke gefunden hatte, von der aus sie sowohl den Eingang zum Café als auch den VW-Bus im Blick hatte. Sie stellte den Motor ab, kramte nach dem Umschlag mit dem Geld und öffnete ihn. Sie wagte es nicht, das Geld herauszuholen, begnügte sich mit dem Anblick der gebündelten Scheine. Jetzt konnte sie nur hoffen, dass ihr Dirk nicht durch die Lappen ging, dass sie zumindest seine Spur aufnehmen konnte. Sie schaltete das Autoradio ein, ihr Blick wanderte über den Platz vor dem Café, wo ein paar Touristen Halt gemacht hatten und anscheinend darüber debattierten, ob sie das Café aufsuchen sollten oder nicht. Sekunden später löste sich die Gruppe auf: Drei marschierten weiter und zwei betraten das Café, vorbei an Dirk und einer der Frauen, die an seinem Tisch gesessen hatten. Die beiden verließen soeben das Café.

Anna schaltete das Radio wieder aus und machte sich klein. Dirk und die Frau passierten den Fiat, ohne Anna einen Blick zu gönnen, und blieben sieben, acht Meter weiter vor einem Kleinwagen stehen. Hier reichte Dirk der Frau förmlich die Hand, deutete ein Nicken an und wartete, bis die Frau eingestiegen und weggefahren war. Er winkte ihr noch hinterher und wandte sich dann wie erhofft dem VW-Bus zu. Anna atmete erleichtert auf. Jetzt war alles klar. Sie konnte es sich sogar ersparen, ihn zu beschatten. Wäre doch zu blöd, wenn sie sich im letzten Augenblick alles verderben und seine Aufmerksamkeit auf sich ziehen würde. Sie schaute in aller Ruhe zu, bis der VW-Bus die

Straße erreicht hatte und aus ihrem Blickfeld verschwunden war. Denn wie hieß es gleich: Rache soll man kalt genießen. Und das würde sie. Eiskalt und gnadenlos.

4

Hauptkommissar Andreas Gruber stand mit heruntergelassenen Hosen da und sah mit missmutiger Miene zu, wie der Arzt an seinem Unterbauch herumdrückte.

„Husten Sie mal …“, sagte der Arzt.

Gruber hustete.

„Sehr schön. Alles klar.“ Der Arzt richtete sich wieder auf und winkte Gruber mit einem „Bitte“ zur Untersuchungsliege.

„Ein Leistenbruch“, vergewisserte sich Gruber.

„Genau. Aber keine Sorge, eingeklemmt ist nichts. Trotzdem sollten Sie sich bei nächster Gelegenheit operieren lassen. Am besten, Sie fahren gleich ins Krankenhaus und machen einen Termin aus.“

Gruber setzte sich auf die Liege, hielt dem Arzt seinen rechten Arm hin und ließ sich den Blutdruck messen.

„Sollte ein bisschen niedriger sein“, merkte der Arzt an, nachdem er Gruber das Gerät wieder abgenommen hatte.

Gruber ging nicht darauf ein. Stattdessen sagte er, während er Hemd und Hose wieder in Ordnung brachte: „Ich habe von Leuten gehört, die sind jahrelang mit einem Leistenbruch herumgelaufen, bevor sie sich haben operieren lassen.“

„Das kann schon sein, trotzdem sollten Sie die Sache nicht unnötig auf die lange Bank schieben. Vor allem dann, wenn Sie vorhaben sollten, demnächst zu verreisen. Nach Kenia würde ich zum Beispiel nicht damit fliegen."

„Wüsste nicht, was ich in Kenia sollte", murrte Gruber.

Der Arzt setzte sich wieder an seinen Schreibtisch und hackte ein paar Daten in die Tastatur seines PC. Gruber schlüpfte in sein Sakko und nahm auf dem Besucherstuhl Platz.

„Nehmen Sie eigentlich Ihre Tabletten gegen das Cholesterin noch?", fragte der Arzt zwischendurch.

„Habe ich weggeworfen, nachdem ich den Beipackzettel gelesen habe."

„Das sollten Sie nicht …"

„Was? Lesen oder einnehmen?"

„Ich überweise Sie erst mal ins Krankenhaus. Dort können Sie mit dem zuständigen Chirurgen alles Weitere besprechen."

„Ich habe auch gehört, dass es da eine neue Operationsmethode geben soll", sagte Gruber. „Durch den Bauchnabel oder so …"

„Genau. Die minimal-invasive Methode. Aber das erklärt Ihnen alles der Kollege." Der Arzt schob Gruber den Überweisungsschein über den Schreibtisch zu. „Dienstag und Donnerstag hat er Sprechstunde. Sie können gleich anrufen und fragen, ob man Sie diese Woche noch dazwischenschieben kann."

„Ich werd's mir überlegen", sagte Gruber, steckte den Schein ein und verließ grußlos die Arztpraxis. An seinem Peugeot im Hof der Praxis angekommen, klingelte sein Handy. Seine Kollegin, Kriminaloberkommissarin Ulrike Bischoff, war dran.

„Und, warst du schon beim Arzt?" Sie klang wie üblich etwas atemlos.

„Allerdings."

„Und?"

„Genau das, was ich befürchtet habe", erwiderte Gruber. „Ich habe einen Leistenbruch."

„Besser als ein Beinbruch, oder?"

„Das wird sich herausstellen …"

„Und jetzt?"

„Na ja, ich soll mich morgen oder am Donnerstag im Krankenhaus blicken lassen, wo mich der zuständige Chirurg nochmals untersuchen würde. Davon hängt es dann ab, wann ich mich operieren lasse, wenn es schon sein muss."

„Das hieße aber, dass du für einige Zeit ausfällst, oder?"

„Na und, dann schmeißt du eben den Laden. Ich gehe jetzt erst mal einen Kaffee trinken."

„Oder du fährst nach Tettenhausen, um eine Vermisstenanzeige aufzunehmen? Was hältst du davon?"

„Eine Vermisstenanzeige? Was geht uns das denn an?"

„Wart's ab. Seit gestern Abend ist dort eine zweiundsechzigjährige Frau, eine gewisse Anna König, abgängig. Klingelt da was bei dir?"

„Nein. Jedenfalls nicht auf Anhieb."

„Anna König", wiederholte Bischoff. „*Die* Anna König, verstehst du?"

„Du meinst, diese Terroristin, die letzten Oktober nach über zwanzig Jahren Knast entlassen wurde?"

„Genau die."

„Und das ist absolut sicher?"

„Ja, leider. Ich habe das mit dem Kennzeichen ihres Wagens abgeklärt und das Ergebnis war eindeutig."

„Und wie kommt die in unsere Gegend?"

„Sie hat sich vor genau einer Woche, also letzten Montag, in ebendiesem Tettenhausen in einer Pension eingemietet, angeblich, weil sie als Jugendliche schon mal hier war und Erinnerungen auffrischen wollte, wie sie der Pensionsinhaberin, einer Frau Helminger, erzählt hat. Sie war auch viel unterwegs, sagt die Frau Helminger, wäre aber gegen

Abend immer in die kleine Pension zurückgekommen. Nur gestern eben nicht …"

„Na und? Vielleicht hat sie Freunde von damals getroffen und ist bei denen über Nacht geblieben?"

„In so einem Fall hätte sie aber garantiert Bescheid gesagt, behauptet die Frau Helminger. Und glaubst du wirklich, dass sie noch Freunde hat? Und das ausgerechnet hier?"

„Wenn nicht Freunde, dann vielleicht Gesinnungsgenossen …"

„Hier im Chiemgau?"

„Warum nicht? Wer sagt denn, dass diese Leute inzwischen nicht auch die Freuden des Landlebens entdeckt haben." Gruber machte eine Pause. Er hatte schlecht geschlafen und die Aussicht, möglicherweise schon in wenigen Tagen auf dem OP-Tisch zu landen, hatte seine Laune nicht gerade verbessert. Er wünschte sich, er könnte einfach nach Hause fahren, sich aufs Sofa legen und den Tag vertrödeln.

„Du fährst also nicht?"

„Doch ja, natürlich. Auch wenn ich das Ganze ein bisschen zu dünn finde, um gleich die Pferde scheu zu machen."

„Schon möglich, aber wenn doch mehr dahintersteckt …?"

Grubers Widerwille schwand. Zumal er in den

gut sechs Jahren, die er mit Bischoff nun schon zusammenarbeitete, gelernt hatte, auf ihren Instinkt zu achten. Und wenn seine Kollegin ernsthaft beunruhigt schien, war's wohl klüger, dies nicht auf die leichte Schulter zu nehmen. Er sagte: „Na gut, besorg dir alle relevanten Daten über die Dame und wir treffen uns in einer Stunde bei dieser Frau Helminger, einverstanden?"

Gruber nahm noch die Adresse in Tettenhausen entgegen und saß schon am Steuer, als ihm einfiel, dass er seiner Frau Bescheid geben sollte. Immerhin war sie es gewesen, die ihn gedrängt hatte, endlich zum Arzt zu gehen. Ingrid war sofort am Apparat.

„Und, was spricht der liebe Onkel Doktor?", fragte sie.

„Nicht unbedingt das, was ich hören wollte", erwiderte Gruber. „Der hätte mich am liebsten sofort ins Krankenhaus geschickt."

„Was du natürlich abgelehnt hast, oder?"

„Nur fürs Erste, aber vielleicht morgen. Aber jetzt fahre ich erst mal nach Tettenhausen. Dort soll über Nacht eine Frau verschwunden sein."

„Vielleicht im See ertrunken?"

„Vielleicht. Bis später."

Gruber legte das Handy auf den Beifahrersitz, startete den Motor und fuhr los. Eine Ex-Terroristin, die während ihres Urlaubs verschwindet, das hätte ihm gerade noch gefehlt. Er konnte sich noch gut an den Anschlag während der Olympischen Spiele '72 in München erinnern, vor allem an das Desaster auf dem Flugplatz in Fürstenfeldbruck, wo alles schiefgegangen war, was schiefgehen konnte. Siebzehn Tote, aber die Spiele mussten weitergehen! Aber wann hatte dieser Scheiß eigentlich angefangen, dieser blutige Kleinkrieg, den sich in den siebziger Jahren Leute wie Anna König mit der Polizei geliefert hatten? Er hatte in diesen Jahren zwar in München studiert und danach die Polizeischule absolviert, aber sich für Politik kaum interessiert. Hatte in seiner spärlichen Freizeit hauptsächlich Gitarre gespielt, Konzerte besucht oder sich in den Plattenläden der Stadt herumgetrieben.

Er kramte in seinem Gedächtnis und bedauerte es nun doch, dass er sich den „Baader-Meinhof-Komplex" nicht angeschaut hatte, als der Film im Fernsehen lief. War da nicht diese Brandstiftung in einem Frankfurter Kaufhaus gewesen, '68 oder '69, mit diesem Schwachkopf Andreas Baader an der Spitze? Genau, das war der Auslöser gewesen. Dann hatte die Meinhof mitgeholfen, den Kerl aus dem Knast zu holen, und dabei waren die ersten Schüsse gefallen. Und ab da war der Teufel los, auch wenn die Hauptfiguren der ersten Stunde wie

Baader und die Meinhof bald schon gefasst und zu langjährigen Haftstrafen verurteilt wurden. Aus Rache verübten ihre Nachfolger, zu denen auch die König zählte, jede Menge Anschläge, denen Polizeibeamte, Richter und sogar ein Generalbundesanwalt zum Opfer fielen.

Am neuen Kreisverkehr angekommen, nahm er nicht die Route durch den Tunnel, sondern fuhr wie gewohnt über den Hallabrucker Berg und Hufschlag zur Straße nach Waging. Keine gute Idee, wie sich herausstellte: In der Bahnunterführung steckte, trotz neuer Umgehungsstraße, wieder einmal ein Lkw fest. Er machte verärgert kehrt und so dauerte es ein paar Minuten, bis er den Faden wieder aufnehmen konnte, bis er überlegen konnte, wann sich das Kapitel Linksterrorismus hierzulande erledigt hatte. Richtig, der Wendepunkt, der Anfang vom Ende der RAF, das war der sogenannte „Deutsche Herbst“ im Jahr ’77 gewesen. Als das Foto des entführten und etliche Wochen später ermordeten Arbeitgeberpräsidenten Hanns Martin Schleyer um die Welt ging, und die Jungs von der GSG 9 in Mogadischu die dorthin entführte Lufthansa-Maschine stürmten, was wiederum zum Selbstmord von Baader und ein paar anderen Terroristen in Stammheim führte.

Am Kirchhallinger Berg angekommen und den

Waginger See schon vor Augen, kam Gruber plötzlich der Gedanke, dass er diese Anna König vielleicht sogar kannte, zumindest vom Sehen her. Vorausgesetzt, sie war tatsächlich als Jugendliche hier gewesen. Und hatte, was nicht unwahrscheinlich, nein, eher ziemlich sicher war, auch den Seestadl aufgesucht, wie fast jedes andere Mädel auch. Das wäre ja ein Ding, dachte er, wenn ich der schon mal über den Weg gelaufen wäre. Mit einem Schlag war er richtig aufgeregt und fest entschlossen, der Sache auf den Grund gehen.

5

„Also hat der Max doch recht gehabt", sagte die Pensionswirtin, eine füllige, lebhaft wirkende Frau um die fünfzig, kaum dass Gruber sich vorgestellt hatte. „Aber ich habe echt keine Ahnung gehabt, Herr Kommissar, das müssen Sie mir glauben. Ich meine, wenn ich das gewusst hätte, hätte ich die Person nie ins Haus gelassen, aber ich hab halt leider nicht die Zeit, dass ich mich über alles, was so passiert in der Welt, aufdem Laufenden halten kann …"

„Nun mal langsam", unterbrach Gruber den Redefluss der aufgebrachten Frau. „Niemand macht Ihnen einen Vorwurf."

„Das sagen Sie, aber wenn sich das herumspricht, dass ich eine Mörderin aufgenommen habe, dann …" Die Frau holte Luft und bedeutete Gruber, ihr in den Hausflur zu folgen. „Aber bittschön, kommen Sie doch erst mal herein, Herr Kommissar."

Frau Helminger führte Gruber in die Wohnstube, in der auf dem Tisch noch Geschirr und Gläser herumstanden. „Jedenfalls, wie ich heute früh beim Bäcker vorne davon erzählt habe", sagte die Frau weiter, ohne Gruber einen Platz anzubieten, „hat mich der Max, das ist der Kellner von der Alten Post, so komisch angeschaut und gefragt, wie die

Frau ausschaut und wo sie herkommt. Und dann hat er gemeint, das könnte vielleicht diese ehemalige Terroristin sein."

„Und hat Ihnen geraten, die Polizei zu verständigen?"

„Genau. Zum Glück habe ich mir das Kennzeichen von ihrem Fiat gemerkt, sodass Ihre Kollegen … Oh, entschuldigen Sie, darf ich Ihnen vielleicht einen Kaffee anbieten? Und ein Croissant hätte ich auch noch, wenn Sie möchten?"

„Gerne", erwiderte Gruber und setzte sich an den Tisch.

„Und, wie schaut sie denn aus?", fragte Gruber, nachdem ihm Frau Helminger eine Tasse Kaffee und ein Croissant serviert und sich zu ihm an den Tisch gesetzt hatte. „Ich habe, offen gesagt, kein Bild von der Frau im Kopf."

„Na ja, eigentlich ganz normal, würde ich sagen. Zierliche Figur, kurzes, schon ziemlich graues Haar, das Gesicht eher unscheinbar."

„Und ansonsten ist Ihnen bis heute Morgen nichts an der Frau aufgefallen oder seltsam vorgekommen?"

Die Pensionswirtin schüttelte energisch den Kopf. „Eben, das ist es ja. Eher im Gegenteil. Ehrlich gesagt, wenn alle meine Gäste so ruhig und sauber wären, hätte ich nichts dagegen."

„Verstehe.“ Gruber trank einen Schluck Kaffee und brach sich ein Stück Croissant ab. „Aber was konkret sie unternommen oder wen sie eventuell besucht hat, davon hat sie Ihnen nichts erzählt?“, fragte er.

Frau Helminger schüttelte erneut den Kopf. „Nix. Sie hat nur gesagt, dass sie im Sommer ’69 zusammen mit einer Freundin für drei Wochen in Waging beim Zelten war und dass das eine unheimlich schöne Zeit für sie gewesen wäre. Und dass sie nichts weiter vorhätte, als in der Gegend herumzufahren und sich umzuschauen.“

Gruber leerte seine Tasse, schluckte den letzten Bissen Croissant hinunter und stand auf. „Na schön, dann zeigen Sie mir bitte doch mal ihr Zimmer.“

„Gerne, Herr Kommissar.“ Frau Helminger erhob sich ebenfalls, doch ein Klopfen an der Haustür hielt sie auf. Frau Helminger öffnete und Bischoff stand vor ihnen. Wie üblich in dunklen Jeans und einer schicken, eng geschnittenen Lederjacke, unter der sie heute einen leichten, teuer aussehenden Pullover trug. Gruber, der sich trotz Ingrids Zureden wenig um sein Äußeres kümmerte, nickte ihr erfreut zu. Fragte sich aber gleichzeitig, was ihn an seiner Kollegin plötzlich irritierte.

„Meine Kollegin, Oberkommissarin Bischoff“, erklärte Gruber, und merkte endlich, dass Bischoff eine neue Frisur hatte. Dass ihr bislang knapp schulterlanges Haar erheblich gekürzt und auch irgendwie anders gekämmt war. Nicht mehr bloß praktisch, sondern eleganter, stilvoller.

„Freut mich", sagte Frau Helminger.

Bischoff nickte nur, zog die Fotokopie einer aktuellen Porträtaufnahme von Anna König aus ihrer Handtasche und hielt sie der Pensionswirtin unter die Nase. „Ist das die Frau?", fragte sie.

„Hundertprozentig", erwiderte Frau Helminger.

„Also dann", sagte Gruber zu der Pensionswirtin. „Nach Ihnen bitte."

Frau Helminger ging voran und führte die Beamten in den ersten Stock hoch, wo sie am Ende des Flurs eine Tür öffnete. Gruber und Bischoff traten in das schlicht möblierte Zimmer und blickten sich um. Das Bett war gemacht, die Vorhänge zugezogen und bis auf ein Buch auf dem Nachttisch lag auch nichts herum. Gruber nahm das Buch in die Hand. Es trug den Titel „Soledad Brother. In die Herzen ein Feuer", geschrieben von einem gewissen George Jackson. Er überflog die Kritiken auf der Rückseite, die voll des Lobes waren. „Niemals zuvor wurde die Lage der Unterdrückten deutlicher gezeigt als in diesen Briefen", lautete zum Beispiel das Urteil der FAZ.

„Um was geht es darin?", fragte Bischoff.

„Das habe ich sie auch gefragt?“, sagte Frau Helminger von der Tür her, bevor Gruber antworten konnte. „Das wäre ihr Lieblingsbuch, hat sie gemeint. Ein Sammelband mit Briefen von einem jungen Mann, der in Amerika im Gefängnis war.“

„Und was ist daran so interessant?“, wollte Gruber wissen.

„Weil er nur siebzig Dollar gestohlen hat, aber dafür zehn Jahre eingesperrt war, bis sie ihn bei einem Fluchtversuch erschossen haben. Angeblich weil er eine Pistole in seinem Haar versteckt gehabt hat.“

„In seinem Haar?“, fragte Bischoff verdutzt.

„Ja. Weil er doch ein Schwarzer war. Und Sie wissen ja, diese Afrofrisuren, die die damals gehabt haben ...“

Gruber legte das Buch zurück auf den Nachttisch und wandte sich zur Tür.

„Was hast du mitgebracht?“, fragte er Bischoff, als sie wieder in der Wohnstube waren und Frau Helminger gebeten hatten, sie kurz allein zu lassen.

Bischoff zog ihr Notizbuch aus ihrer Handtasche. „Zusammengefasst ist Folgendes passiert“, sagte sie, wobei sie hin und wieder einen Blick auf ihre Aufzeichnungen warf: „Sie war von ’76 bis Mitte ’78 Mitglied einer vermutlich sechsköpfigen Gruppe, die man für mehrere Bombenanschläge verantwortlich gemacht hat. Dazu kam nach einer Verkehrskontrolle im Februar '78 ein Feuergefecht mit der Polizei, bei dem ein Kollege den Tod fand. Am sechsten Juni '78 wurde ihr Unterschlupf, eine Wohnung in einem Vorort von Köln, von einem Sondereinsatzkommando gestürmt, wobei zwei Mitglieder der Bande erschossen wurden. Ein drittes Mitglied, ein gewisser Peter Knappe, wurde festgenommen, im Jahr darauf zu einer lebenslangen Strafe verurteilt und starb Ende '95 in der Haft an Leberkrebs. Der König dagegen gelang die Flucht und sie landete irgendwann im Lauf der achtziger Jahre in der DDR, wo sie nach der Wende aber aufflog und ebenfalls lebenslänglich kassierte. Letzten Oktober kam sie vorzeitig frei, obwohl einige Angehörige der Opfer scharf dagegen protestiert hatten."

„Hm, war die Rede nicht von sechs dieser Typen?"

Bischoff nickte. „Genau. Die restlichen zwei Mitglieder der Gruppe, Dirk Weber und Marlene Fürmann, waren zum Zeitpunkt des Zugriffs nicht in der Wohnung; von ihnen hat man bis heute nichts mehr gehört."

„Überhaupt nichts?"

Bischoff schüttelte den Kopf. „Nein. Jedenfalls habe ich auf die Schnelle nichts gefunden."

„Merkwürdig …"

Grubers Handy klingelte. „Ja …?"

Es war Kollege Reichert. Er sagte: „Ihr sucht doch nach einer Frau in einem roten Fiat, oder?"

„Allerdings …"

„Sie haben den Wagen gefunden."

„Wie das denn? Wir haben ja noch gar keine Fahndung rausgegeben!"

„Tja, das weiß ich jetzt auch nicht. Der Wagen steht jedenfalls da, wo er steht."

6

Der rote Fiat Panda stand am Ende eines Feldwegs, hinter dem sich ein größeres Waldstück erstreckte. Neben dem Fiat stand ein Traktor, an den ein Damenfahrrad gelehnt war. Zu sehen war niemand. Gruber parkte hinter dem Streifenwagen ein und stellte den Motor ab.

„Sollten die hier nicht auf uns warten?“, fragte Bischoff mit Blick zum Waldrand.

„Vielleicht haben sie was gesehen oder gehört …“ Sie stiegen aus und gingen zum Fiat. Gruber rüttelte am Griff der rechten Hintertür und spähte ins Wageninnere, das blitzsauber und leer war. Nichts lag herum, weder auf den Sitzen noch auf der Ablage über dem Handschuhfach.

„Und jetzt?“, fragte Bischoff.

Bevor Gruber antworten konnte, hörten sie vom Wald her Stimmen. Gleich darauf wurden vier Personen zwischen den Bäumen sichtbar. Zwei Streifenbeamte, dahinter ein älterer Mann in Arbeitskleidung und eine Frau Mitte zwanzig in Jeans und Strickjacke, die sich mit dem Mann unterhielt. Gruber hörte etwas wie: „Ich könnt ja heimfahren und den Rolf holen. Der findet sie schon …“ Ein Hund? Einer der Streifenbeamten trat auf Gruber und Bischoff zu und sagte: „Morgen zusammen.“

„Und, schon was entdeckt?", fragte Gruber.

„Fürs Erste nicht", erwiderte der Beamte.

„Wie kommt es denn, dass man euch gerufen hat?", fragte Bischoff nach einem Blick zum Traktorfahrer. „Von der Fahndung nach dem Wagen kann er ja noch gar nichts wissen."

„Stimmt. Aber der Fiat ist ihm schon gestern Nachmittag aufgefallen. Da hat er sich aber noch nichts dabei gedacht. Aber wie er jetzt wieder hergekommen ist und der Wagen immer noch da war …"

„Alles klar."

„Sollen wir eine Suchaktion starten?"

Gruber nickte. „Wird uns wohl nichts anderes übrig bleiben." Er deutete auf den Waldrand. „Was liegt eigentlich dahinter?"

Der Traktorfahrer trat zu den Beamten. „Grüß Gott, Rosenegger mein Name. Was dahinter liegt, kann ich Ihnen genau sagen: ein kleines Tal, eher ein großer Graben, mit sieben oder acht Häusern."

„Irgendwas Besonderes?", fragte Gruber.

„Wie meinen Sie das?"

Gruber winkte ab. „Egal. Kennen Sie jemanden, der dort wohnt?"

„Nicht so richtig. Den einen oder anderen vom Sehen her, aber sonst …"

„Na gut, dann sehen wir mal nach." Er wandte sich an die Streifenbeamten. „Sie beide warten hier und weisen die Kollegen ein. Wir melden uns dann von unterwegs."

„Alles klar, Herr Kommissar."

Gruber und Bischoff stapften los, hinein in den Wald, wo ein von unzähligen Pferdehufen zertrampelter Pfad sich durch die Fichten schlängelte. Sie folgten dem Pfad bis zu einer kleinen Bodenwelle, auf der sich der Wald lichtete und den Blick auf ein schmales Tal freigab, dessen Abhänge beidseits ebenfalls von Wald bedeckt waren. Auf dem Talgrund verlief eine schmale, ungeteerte Straße, die links an einem Gehöft mit einer Pferdekoppel endete und rechts hinter einer Biegung verschwand. Zu sehen war niemand.

„Die reinste Idylle", merkte Bischoff an.

„Genau", bestätigte Gruber. „Und wenn wir Glück haben, klärt sich doch noch alles auf. Vielleicht hat sie wirklich nur einen alten Freund besucht, wollte aber erst sehen, wie er lebt und ob sie willkommen ist."

„Nach über vierzig Jahren?"

„Na und? Ist auf dem Land nicht unüblich. Ich wohne ja auch noch da, wo ich geboren und aufgewachsen bin."

Sie machten sich an den Abstieg, erreichten die Straße und wandten sich dem Anwesen zu. Ein Reiterhof offensichtlich, auch wenn keine Pferde zu sehen waren. Sie passierten das offen stehende Tor und gingen entlang der Koppel und einem Stallgebäude auf das Wohnhaus zu, ein altes, massiv gebautes Bauernhaus mit viel Blumenschmuck an den Fenstern im ersten Stock und auf der kleinen Veranda vor der Haustür. Vor einer Art Maschinenhütte war ein grüner, ziemlich verdreckter VW-Bus geparkt, unter dem eine Katze hervorlugte und die Beamten nicht aus den Augen ließ. Ansonsten wirkte das Anwesen wie ausgestorben.

Gruber stieg die Veranda hinauf und klopfte an die Haustür. Als niemand öffnete, drückte er die Türklinke.

Abgesperrt.

Sie gingen durch das Tor zurück auf die Straße, wo sie ein Stück nach der Biegung auf das nächste Gebäude stießen, ein baufälliges Einfamilienhaus, das augenscheinlich schon seit Längerem unbewohnt war, wie sie erkannten. Etliche Fensterscheiben waren zerbrochen, die Zimmer leer geräumt, aber immerhin, die Haustür war auch hier fest verschlossen. Nach einer zweiten Biegung weitete sich das Tal und eine lose Ansammlung von Häusern entlang der Straße kam in Sicht. Zu sehen war noch immer niemand.

Beim ersten Anwesen, einem kleinen, hübsch herausgeputzten Bauernhaus, machten sie Halt und klopften an. Die Frau, die ihnen öffnete, war um die vierzig, hielt einen Kochlöffel in der Hand und blickte sie abweisend an. Aus dem Haus war laute Schlagermusik zu hören. Udo Jürgens.

„Ihr gebt es wohl nie auf, was?“, fuhr sie die Beamten an.

„Keine Sorge“, erwiderte Gruber, „wir wollen Ihnen weder etwas verkaufen noch Sie zum richtigen Glauben bekehren. Wir hätten nur eine Frage, wenn's recht ist.“

„Aha. Und die wäre?“

Bischoff zeigte der Frau Anna Königs Foto: „Haben Sie gestern oder heute zufällig diese Frau gesehen?“

Die Frau warf nur einen kurzen Blick auf das Foto und schüttelte den Kopf. „Nein … Sind Sie von der Polizei?“, fragte sie, nun eine Spur freundlicher.

Gruber nickte. „Kripo Traunstein. Mein Name ist Gruber. Andreas Gruber. Das hier ist meine Kollegin Bischoff.“

„Und warum suchen S' nach der?“

„Darüber können wir leider keine Auskunft geben“, erklärte Bischoff.

„Soso … Waren Sie schon hinten bei den Wegners?“

„Sie meinen diesen Reiterhof?“, fragte Gruber.

„Ja …“

„Da war leider niemand zuhause“, sagte Gruber. „Kennen Sie die Leute dort näher?“

„Nicht so besonders. Wie man seine Nachbarn halt so kennt. Sonst noch was?“

„Danke, das wär's schon.“

„Nichts zu danken.“ Nach diesen Worten machte die Frau kehrt und verschwand wieder im Haus.

Gruber und Bischoff gingen weiter zum nächsten Gebäude, einem etwas heruntergekommenen Einfamilienhaus, an dessen Einfahrt ein etwa siebzigjähriger Mann mit wirrem Haar und zerfurchtem Gesicht gerade damit beschäftigt war, den Gartenzaun zu streichen. Aber auch hier Fehlanzeige. Der Mann studierte zwar länger als eine halbe Minute das Foto, erklärte danach aber, dass er viel zu schlecht sehen würde, um die Frau wiederzuerkennen, selbst wenn sie ihm zufällig begegnet wäre. Und auch das junge Pärchen mit Kinderwagen, das eben von einem Spaziergang zurückkehrte, als die Beamten an der Tür ihrer Doppelhaushälfte klingelten, gab an, die Frau nicht gesehen zu haben. Am letzten Haus der Ortschaft, ebenfalls ein kleines, aber eher ungepflegtes Bauernhaus mit einem großen, teils wild überwucherten Gemüsegarten an der Rückseite, erwartete sie ein stämmiger, vielleicht sechzigjähriger und irgendwie verbittert wirkender Mann und blickte sie, auf einen Stock gestützt, forschend an.

„Keinen Erfolg gehabt, was?“, sagte er statt einer Begrüßung.

„Woher wissen Sie …?“, fragte Gruber.

„Von der Anneliese vorne. Die hat mich gerade angerufen.“

Gruber nickte. „Sie sind sozusagen unsere letzte Hoffnung.“

„Was ist denn mit der Frau?“, fragte der Mann, nachdem auch er den Beamten versichert hatte, dass er die Frau nicht zu Gesicht bekommen habe. „Wird sie nur vermisst oder hat sie was ausgefressen?“

„Das dürfen wir Ihnen leider nicht verraten“, sagte Bischoff.

„Das verstehe ich nicht. Ich meine, wenn sie von der Polizei gesucht wird, möchte man doch wissen, was überhaupt los ist, ob man Angst haben muss oder so.“

„Keine Sorge“, sagte Gruber. „Angst müssen Sie deswegen keine haben.“

„Und was unternehmen Sie jetzt, wenn ich fragen darf?“

„Wir veranlassen eine Suchaktion, mit allem Drum und Dran“, sagte Gruber, mehr an Bischoff gewandt. „Irgendwo muss sie ja stecken. Es sei denn, sie ist mit den Leuten von diesem Reiterhof unterwegs."

„Richtig. An die Möglichkeit haben wir noch gar nicht gedacht. Wie hießen die gleich: Wegner oder so ..."

„Dieter und Jutta Wegner", erklärte der Mann. „Die sind heute auch schon hier vorbeigekommen, so vor ungefähr zweieinhalb Stunden. Habe aber nicht gesehen, wer alles im Wagen gesessen hat." Er hielt Gruber die Hand hin. „Mein Name ist übrigens Herbert Niedermeier."

Gruber und Niedermeier schüttelten sich die Hände. „Kennen Sie diese Wegners eigentlich näher?", fragte Gruber.

„Na ja, eher nicht. Die zwei sind ja nicht von hier, haben den Hof da hinten nur gepachtet, seit zehn oder elf Jahren. Und sind auch mit niemandem so recht speziell hier, wenn ich das mal so sagen darf."

„Wissen Sie zufällig, wo die zwei früher gewohnt haben?", fragte Bischoff.

Niedermeier verzog das Gesicht. „Keine Ahnung. Aber so wie sie reden kommen sie aus dem Rheinischen, würde ich sagen."

„Na schön, dann wollen wir Sie nicht länger belästigen", sagte Gruber und wandte sich zum Gehen.

„Wenn ich Ihnen irgendwie helfen kann, geben Sie mir Bescheid", rief ihnen Niedermeier nach. „Ich bin hier aufgewachsen und kenne jeden Meter."

7

Gruber hatte kaum angehalten, als Frau Helminger auch schon auf den Peugeot zugeeilt kam. Im Schlepptau einen Mann, der Gruber vage bekannt vorkam.

„Der schon wieder", stöhnte Bischoff auf. „Der hat uns gerade noch gefehlt."

Nun erkannte auch Gruber den Mann: Irgendwas mit Schneider von der Lokalzeitung. Er stellte den Motor ab und sie stiegen aus.

„Und, haben S' was erfahren?", fragte Frau Helminger.

„Nicht direkt", erwiderte Gruber ausweichend.

„Der Herr hier wollte übrigens unbedingt ins Zimmer der Frau", sagte sie und stieß dabei mit dem Zeigefinger nach dem Journalisten. „Habe ihn gerade noch erwischt, wie er schon die Treppe hoch ist …"

„Möchten Sie ihn anzeigen? Vielleicht wegen Hausfriedensbruch?", fragte Gruber hoffnungsvoll.

„Jetzt kommen Sie schon, Herr Hauptkommissar, Sie wissen genau, dass ich nur meine Arbeit mache", sagte Schneider. „Aber wenn nichts passiert wäre, frage ich mich, warum Sie dann mit dem Fall beschäftigt sind."

„Es gibt keinen Fall, Herr Schneider."

„Das sagen Sie."

„Eben. Und ich muss es ja wissen, oder?" Gruber nahm Frau Helminger am Arm und führte sie ins Haus zurück, gefolgt von Bischoff, die Schneider die Haustür vor der Nase zuschlug.

„Wir müssen jetzt doch das Zimmer der Frau König durchsuchen", erklärte Gruber der Pensionswirtin im Hausflur. „Und bitte kein Wort mehr zu diesem Herrn Schneider, klar? Weder zu ihm noch zu jemand anderem."

„Mache ich. Aber ist wirklich nichts passiert?"

„Das wissen wir noch nicht, Frau Helminger."

Gruber und Bischoff stiegen die Treppe hoch und machten sich daran, den Kleiderschrank mit Anna Königs Sachen zu durchsuchen. Die Frau reiste mit leichtem Gepäck, wie es schien, denn außer einer Jeans, einem Pullover, Socken und etwas Unterwäsche befand sich nichts im Schrank. Auch die Reisetasche war leer, von einer Zeitschrift und einem darunter liegenden, ehemals weißen, aber nun schon arg vergilbten Briefkuvert einmal abgesehen. Gruber nahm sich den Brief vor, während Bischoff sich weiter im Zimmer und in dem winzigen Bad umsah. Er zog ein einseitiges, handschriftlich abgefasstes Schreiben aus dem Kuvert und runzelte die Stirn, nachdem er einen Blick auf den Absender geworfen hatte.

„Da schau an“, sagte Gruber, nachdem er den Brief überflogen hatte. „Ich glaube, ich werde verrückt.“

„Wie bitte?“

„Hör zu …“ Gruber las Bischoff den Brief vor: „Liebste Anni, ich kann Dir gar nicht sagen, wie sehr Du mir fehlst. Bitte, melde Dich doch! Ich denke Tag und Nacht an Dich und weiß nicht, wie ich das nächste Schuljahr und das Abitur schaffen soll, wenn ich nichts mehr von Dir höre. Die zwei Wochen mit Dir waren die schönsten Wochen in meinem ganzen Leben. Ich verstehe ja, dass Deine Eltern vielleicht nicht begeistert sind, wenn ich Dich besuchen würde, aber ich muss Dich sehen. In Liebe, Dein Ludwig.“

„Und wer ist dieser Ludwig?“, fragte Bischoff mit Blick auf das Kuvert, das Gruber neben dem Brief noch immer in der Hand hielt.

Gruber verzog das Gesicht. „Du wirst es nicht glauben, aber der Maierhofer, so wie es aussieht.“

„Maierhofer“, wiederholte Bischoff. „Sagt mir gar nichts …“

„Tatsächlich? Nach sechs Jahren in Traunstein und dazu als Beamtin ist das eine ziemliche Wissenslücke, würde ich sagen.“

„Jetzt mach schon …“

„Ludwig Maierhofer. So heißt unser Landrat.

Vom Alter her würde es jedenfalls passen. Und soviel ich weiß, kommt er aus Tyrlaching oder hat zumindest da mal gewohnt."

„Und von wann ist der Brief?"

„September '69."

„Das würde ja bedeuten …" Bischoff blickte Gruber verdutzt an. „Glaubst du, die haben noch was miteinander?"

„Eher nicht, würde ich sagen. Aber wenn dieser Schneider davon erfährt …"

„Gäbe das eine schöne Schlagzeile", ergänzte Bischoff. „Der Landrat und die Terroristin."

„Eben."

„Vielleicht stand ihr Wagen deswegen da draußen? Die hatten ein Rendezvous, und dabei ist …"

„Was?"

„Keine Ahnung, vielleicht …"

„Reden wir erstmal mit der Werner", schnitt Gruber seiner Kollegin das Wort ab. „Die kennt ihn besser als ich."

8

„Und es besteht kein Zweifel, dass der Absender unser verehrter Herr Landrat ist?“, fragte Frau Dr. Werner.

Gruber nickte. „Wir haben alles überprüft: Name, Adresse, Zeitpunkt und so weiter. Es kommt alles hin. Leider.“

Die Staatsanwältin legte den Brief zurück auf den Schreibtisch, nahm ihre Brille ab und betrachtete eine ganze Weile ihre sorgfältig manikürten Fingernägel.

Sie hat sich in den zehn Jahren unserer Zusammenarbeit eigentlich kaum verändert, kam es Gruber plötzlich in den Sinn. Dass sie bereits über fünfzig war und vergangenen Sommer zudem eine Krebserkrankung überstanden hatte, hätte ihr jedenfalls niemand angesehen. Er mochte sie, nicht nur, weil sie ihm in der Regel freie Hand ließ und nach Möglichkeit den Rücken freihielt. Sondern auch, weil er wusste, dass hinter ihrer gelegentlichen Strenge und dem ausgeprägten Pflichtbewusstsein ein warmherziger und humorvoller Mensch steckte.

„Und was schließen wir daraus?“, fragte sie schließlich. „Oder anders gesagt: Wieso schleppt jemand einen Brief mit sich herum, der vor vierundvierzig Jahren aufgegeben wurde, und verschwindet dann spurlos?"

„Wieso sie verschwunden ist, steht noch in den Sternen", erwiderte Gruber. „Aber ich kann mir schlecht vorstellen, dass sie hergekommen ist, um ihr Techtelmechtel mit dem Maierhofer aufzuwärmen."

„Also was dann?"

„Erpressung", sagte Bischoff. „Eine andere Erklärung habe ich dafür nicht."

„Würde ich auch sagen", ergänzte Gruber. „Sie kommt aus dem Knast, findet den Brief, der zufällig irgendwo liegen geblieben ist, und kommt auf die Idee, daraus Kapital zu schlagen, nachdem ihr Liebhaber von einst Karriere gemacht hat."

„Aber würde das wirklich so viel Staub aufwirbeln, wenn es bekannt würde?", gab die Staatsanwältin mit skeptischem Blick zu bedenken. „Eine harmlose Liebesgeschichte unter Jugendlichen, das ist doch kein Drama."

„Kommt auf den Blickwinkel an", sagte Gruber nach kurzem Überlegen. „Der Maierhofer ist zwar nur Landrat, aber soviel ich weiß, hat sein Wort in der Partei Gewicht. Wenn ich mich recht erinnere, war er vor Jahren sogar mal für einen Posten in der Staatsregierung im Gespräch. Und er ist ein persönlicher Freund unseres Verkehrsministers."

Gruber machte Anstalten, sich zu erheben. „Aber bevor wir hier lange diskutieren, fragen wir ihn doch selbst."

„Na schön, ich melde Sie an."

Gruber hob die Hand. „Keine Anmeldung bitte. Wenn er nicht im Büro ist, finden wir ihn schon."

Dr. Werner nickte.

Fünfzehn Minuten später standen Gruber und Bischoff vor der Tür zu Maierhofers Büro im Landratsamt am Papst-Benedikt-Platz. Maierhofer, ein hagerer, energisch wirkender Mann um die sechzig, schüttelte beiden mit ausdruckslosem Gesicht die Hand und bat sie, Platz zu nehmen.

„Darf ich Ihnen etwas anbieten? Kaffee, Wasser?"

„Danke nein", erwiderte Gruber.

Maierhofer blieb sekundenlang unschlüssig stehen, bevor er sich etwas umständlich an seinen Schreibtisch setzte und ein paar Akten zur Seite schob. Er räusperte sich und sagte: „Was führt Sie zu mir?"

Gruber zog den Brief aus seiner Jackentasche, beugte sich vor und schob ihn über den Schreibtisch. „Was können Sie uns dazu sagen?"

Maierhofer warf nur einen flüchtigen Blick auf das kompromittierende Schriftstück, bevor er sich schweratmend zurücklehnte, die Hände vor der

Brust verschränkt, und mit zusammengekniffenen Augen fragte: „Was ist passiert?"

„Bei allem Respekt, Herr Landrat, aber erst Ihre Geschichte. Es gibt doch eine Geschichte dazu, oder?"

Maierhofer stieß einen Seufzer aus. „Allerdings. Aber um eines gleich festzuhalten: Ich habe nichts getan, was ich mir vorwerfen müsste. Oder weswegen die Polizei … Entschuldigung, aber …" Er blickte kurz zur Seite, ehe er sich wieder auf Gruber konzentrierte: „Sie hat mich angerufen, hier im Büro, letzten Dienstag. Ich war natürlich völlig baff. Ich meine, ich habe seit ihrer Entlassung natürlich öfter an sie gedacht, aber ich hätte nie im Leben damit gerechnet, dass sie Kontakt mit mir aufnimmt. Na gut, um es kurz zu machen: Sie hat gesagt, dass sie zufällig ein paar meiner Briefe von damals gefunden hätte und gefragt, ob ich ein Interesse daran hätte, sie zurückzubekommen. Mir war natürlich sofort klar, dass sie Geld dafür wollte, und ich habe sie auch gleich gefragt, wie viel. Aber über Geld oder gar eine bestimmte Summe wollte sie nicht reden, jedenfalls noch nicht. Sie hat nur gesagt, dass sie bereits in der Gegend wäre, und mir vorgeschlagen, dass wir uns am nächsten Tag, das war der Mittwoch, treffen und bei dieser Gelegenheit über alles reden sollten. Ich habe mich grundsätzlich damit einverstanden erklärt, konnte ihr für Mittwoch wegen einiger Termine aber nichts versprechen. Wir haben uns letztlich auf den Donnerstag geeinigt, auf ihren Vorschlag hin, auf den Mühlberg bei Waging als Treffpunkt."

„Und weiter?"

„Nun ja, dass ich meine Frau nicht damit belästigen wollte, werden Sie sicher verstehen. Aber ich musste einfach mit jemandem darüber reden und da kam eigentlich nur einer in Frage, der Franz Dobschütz, einer meiner ältesten Freunde, von dem Sie vermutlich schon gehört haben."

Gruber nickte.

„Tut mir leid, aber ich nicht", warf Bischoff ein. „Also bitte …"

„Ein Bauunternehmer aus Staudach", erklärte Gruber.

„Ja, und der Franz hat mir dann aber von einem persönlichen Treffen abgeraten", sagte Maierhofer weiter. „Er war der Meinung, dass ich dadurch vielleicht in Schwierigkeiten geraten, vielleicht sogar entführt werden könnte." Der Landrat lächelte zaghaft. „Aber ich schätze mal, er hatte nur Angst, ich könnte bei einem Wiedersehen sentimental werden. Oder sonst irgendwelchen Unsinn machen. Jedenfalls hat er sich angeboten, die Sache für mich zu übernehmen, was mir letztendlich nur recht war. Ich meine, man weiß ja nie … Die Anna hat sich zwar ziemlich gesträubt dagegen, sich mit dem Franz zu treffen, hat allen Ernstes gemeint, man wolle ihr dabei vielleicht etwas antun, aber ich habe ihr klargemacht, entweder er oder keiner. Sie haben sich am Donnerstag um 15 Uhr auf dem Mühlberg getroffen, wo dann Klartext gesprochen wurde. Genauer gesagt, hat sie fünfzigtausend Euro verlangt."

„Fünfzigtausend?", wiederholte Gruber verblüfft.

„Ja. Absurd, nicht?"

„Nun ja … Und weiter?"

„Wir haben uns, oder besser gesagt, der Franz hat sich dann mit ihr auf zehntausend geeinigt. Die Übergabe fand am Freitag durch eine Mitarbeiterin vom Franz in einem Café in Chieming statt, und seitdem haben wir nichts mehr von ihr gehört oder gesehen … So, und jetzt sind Sie dran, Herr Kommissar."

„Sie ist seit gestern Nachmittag spurlos verschwunden", sagte Bischoff, als Gruber nicht sofort reagierte. „Ihr Auto steht nahe einem Waldgebiet zwischen Obing und Altenmarkt, aber sie selbst ist wie vom Erdboden verschluckt."

„Das ist ja …" Maierhofer machte, sichtlich geschockt, eine hilflose Handbewegung. „Wissen Sie denn wenigstens, was sie dort wollte?"

Gruber schüttelte den Kopf. „Eben nicht. Aber

etwas anderes: Wo haben Sie die Frau eigentlich kennen gelernt, vermutlich im Seestadl, oder?“

„Ja, klar, wo sonst … Waren Sie auch manchmal dort?“

„Ja, sicher …“ Gruber war kurz versucht zu erwähnen, dass auch er in dieser Diskothek einiges in puncto Liebesgeschichten erlebt hatte, ließ es aber sein.

„Aber jetzt glauben Sie hoffentlich nicht, dass ich etwas damit zu schaffen hätte“, sagte Maierhofer nach einer Pause.

„Wenn sich alles so abgespielt hat, wie Sie erzählt haben, sehe ich dazu keinen Grund. Aber irgendeinen Grund für ihr Verschwinden muss es geben.“

Maierhofer nickte mit nachdenklicher Miene.

„Hätten Sie eigentlich auch mehr bezahlt, wenn sie sich stur gestellt hätte?“, fragte Bischoff.

„Eine gute Frage, Frau Kommissarin.“

„Inwiefern?“

„Sage ich jetzt nein, was würden Sie wohl daraus folgern?“

Bischoff gab keine Antwort. Auch Gruber sagte nichts.

„Aber keine Sorge“, sagte Maierhofer. „Offen gesagt, hätte ich durchaus mit mir reden lassen, auch gegen den Rat vom Franz. Aber nicht, weil ich Angst um meinen Ruf gehabt hätte, oder aus Rücksicht auf meine Frau. Es ist nur so, wie soll ich sagen …“ Er verstummte, sein Blick schweifte ab.

„First Love Never Dies“, sagte Gruber. „Ist es das, was Sie damit ausdrücken möchten?“

Maierhofer blickte Gruber erstaunt an. „Sie kennen das Lied?“

„Meine Frau hat mindestens fünf CDs von den Walker Brothers im Regal stehen“, erwiderte Gruber.

„Jedenfalls hätte ich nie gedacht, dass sie mal in diesen Kreisen landet“, sagte Maierhofer nach einer Pause.

„Sie wären also durchaus bereit gewesen, sie mehr zu unterstützen, wenn ich das mal so formulieren darf?“, sagte Bischoff.

Maierhofer nickte. „Ja, vielleicht, schon möglich …Trotzdem ist mir da gerade ein Gedanke gekommen. Ich meine, ich möchte Ihren Ermittlungen natürlich nicht vorgreifen, aber könnte es nicht sein, dass sie selbst dahintersteckt, dass sie das Ganze nur inszeniert hat, um mir letztendlich doch noch eins auszuwischen?“

„Interessanter Gedanke.“ Bischoff blickte zu Gruber. „Was meinst du dazu?“

„Hat was für sich, würde ich sagen.“

„Ich meine, sie kommt hierher, um mir fünfzigtausend abzunehmen“, fuhr Maierhofer fort, „und wird stattdessen mit zehntausend abgespeist. Da könnte man im ersten Ärger schon auf solche Ideen kommen, finden Sie nicht?"

„Hoffen wir's. Wir werden jedenfalls jeder Spur nachgehen." Gruber erhob sich. „Also dann, Herr Landrat, vielen Dank für das Gespräch."

„Sie halten mich auf dem Laufenden, ja?", sagte Maierhofer, als er Gruber an der Tür die Hand schüttelte. „Und was die Presse betrifft ..."

„Keine Sorge, auch da werden wir uns bemühen", versprach Gruber.

Zurück auf dem Hof des Landratsamtes, stießen sie auf dem Weg zu Grubers Peugeot auf eine Gruppe italienischer Touristen, die eben einen jungen Mann fragten, ob der Papst hier gewohnt habe. Der Mann schüttelte nur den Kopf und ging hastig weiter.

„Gewohnt nicht", erklärte Gruber und deutete auf den linken Gebäudeflügel. „Aber er ist da drin zur Schule gegangen."

„Oh, danke schön."

„War er ein guter Schüler?", fragte eine ältere, für die Jahreszeit viel zu leicht bekleidete Dame.

Dämliche Frage. „Ich war nicht dabei", erwiderte Gruber. „Aber ich schätze, er war einer der Besten."

„Und was machen wir jetzt?", fragte Bischoff, sowie sie eingestiegen waren.

„Wir fahren wieder raus und sehen nach, was sich tut. Oder hast du einen besseren Vorschlag?"

„Glaubst du ihm eigentlich?"

Gruber zuckte mit den Schultern. „An sich schon. Klang doch alles sehr schlüssig, würde ich sagen."

9

Der Mann, der Gruber und Bischoff entgegenkam, war ein schlanker, aber kräftig wirkender Mann um die sechzig. Er trug zerschlissene Jeans und einen dicken, etwas zu großen Pullover und hatte das ergraute Haar zu einem Pferdeschwanz gebunden. Er hielt Gruber die Hand hin und lächelte gezwungen.

„Hallo, Herr Kommissar. Ich habe gerade mit meiner Frau gewettet, dass Sie heute noch mal vorbeischauen würden."

„Sie kennen mich?"

„Zum Glück nur aus der Zeitung. Aber ich habe von Ihren uniformierten Kollegen erfahren, dass Sie heute schon mal hier waren. Mein Name ist übrigens Wegner. Dieter Wegner."

Gruber und auch Bischoff gaben dem Mann die Hand.

„Dann müssen wir wohl annehmen, dass auch Ihnen die Dame nicht über den Weg gelaufen ist", sagte Gruber.

Wegner schüttelte den Kopf. „Nein. Aber …"

„Wo waren Sie denn heute Vormittag?", unterbrach ihn Bischoff.

„In Traunstein beim Arzt. Meine Frau hatte im Januar eine Endokarditis, also eine Herzinnenhautentzündung, und muss seitdem Unmengen von

Antibiotika nehmen, die sie aber immer schlechter verträgt. Jetzt haben wir überlegt, ob sie das Zeug vielleicht besser über eine Infusion verabreicht bekommt. Zumindest vorübergehend."

„Verstehe …", sagte Gruber.

„Wissen Sie inzwischen, warum diese Ex-Terroristin ausgerechnet hier aufgetaucht sein soll?"

Gruber und Bischoff wechselten einen Blick.

„Woher wissen Sie, dass es sich dabei um Anna König handelt?", fragte Gruber verärgert.

„Na ja, ich habe Ihnen ja gesagt, dass ich bereits mit Ihren Kollegen gesprochen habe. Wieso? Hätte ich das vielleicht nicht erfahren dürfen?"

Gruber winkte ab. „Schon gut, aber hängen Sie's nicht gleich an die große Glocke, wenn's geht."

„Natürlich … Und wie lange wollen Sie die Suchaktion jetzt noch fortsetzen?"

„Kommt darauf an", erwiderte Gruber. „Zum Beispiel darauf, ob Sie uns erlauben, auch Ihren Reiterhof hier unter die Lupe zu nehmen."

„Und was ist, wenn ich nein sage?"

Gruber sagte nichts.

„Okay, war ein Scherz." Wegner wies mit großer Geste in die Runde. „Bitte, schauen Sie sich um, wo immer Sie möchten. Aber vielleicht möchten Sie zuerst einen Blick auf meine Pferde werfen?"

„Warum nicht?"

Gruber und Bischoff folgten dem Mann zum Stallgebäude. „Führen Sie diesen Reiterhof schon lange?“, fragte Bischoff.

„Im Sommer werden es zehn Jahre. Aber wir haben einen langfristigen Mietvertrag und haben uns deswegen getraut, das Anwesen nach und nach entsprechend auszubauen. War eine Menge Arbeit, aber es hat sich gelohnt, wie Sie sehen.“

„Und wie laufen die Geschäfte so?“

„Na ja, die meisten, die Reitstunden nehmen oder ihre Pferde hier untergestellt haben, sind unter zwanzig. Und die wenigsten davon haben reiche Eltern, wie viele immer noch irrtümlich glauben. Im Grunde leisten wir schlecht bezahlte Jugendarbeit hier. Aber wir machen es trotzdem gerne, schon allein deswegen, weil der Umgang mit Pferden die Menschen bekanntlich entspannter und zufriedener macht.“

„Respekt“, sagte Bischoff.

Gruber nickte nur, blickte zu der Frau, die mit leicht unsicherem Gang über den Hof auf sie zukam. Sie war etwa so alt wie Wegner, hatte kurzes, dunkles Haar und einen auffallend blassen Teint. Sie blieb mit verschränkten Armen vor ihnen stehen.

„Meine Frau Jutta“, erklärte Wegner.

„Kriminalpolizei?“, fragte Jutta Wegner ihren

Mann, ohne Anstalten zu machen, die Beamten zu begrüßen.

„Ja. Aber du solltest doch im Bett bleiben und dich ausruhen!"

„Wie denn, bei dem ganzen Rummel hier."

„Tut uns leid, dass wir Ihnen lästig fallen", sagte Gruber. „Aber …"

„Wir haben doch schon ausgesagt, dass wir diese Frau bestimmt nicht gesehen haben", unterbrach ihn Jutta Wegner. „Außerdem, was sollte die hier wollen?"

„Das genau ist die Preisfrage."

„Eben. Wieso sind Sie eigentlich so sicher, dass sie hier in dieses Tal kommen wollte?", fragte Wegner. „Ich meine, auch wenn ihr Wagen gleich da oben steht, so könnte sie doch auch ganz woanders hin sein? Ich fahre auch manchmal in die Berge, um Wanderungen zu unternehmen, und entferne mich dabei zehn oder mehr Kilometer von meinem Wagen."

„Da haben Sie natürlich Recht. Und wenn wir hier fertig sind, werden wir natürlich auch die nähere Umgebung absuchen."

„Alles klar. Kommen Sie …"

Bevor Gruber weitergehen konnte, klingelte sein Handy. Er trat ein paar Schritte zur Seite und nahm den Anruf entgegen. Es war Dr. Werner.

„Sind Sie weitergekommen?", fragte die Staatsanwältin.

„Eher nicht."

„Wie auch immer, Sie werden jedenfalls gleich Besuch bekommen. Ein paar Herrschaften vom Landeskriminalamt sind auf dem Weg zu Ihnen."

Gruber schluckte. An die Möglichkeit, dass ihnen der Fall abgenommen werden könnte, hatte er noch gar nicht gedacht. Andererseits war es nur naheliegend, dass sich das LKA einmischte, sobald ein Fall politische Dimensionen anzunehmen drohte.

„Und was wollen die?"

„Dreimal dürfen Sie raten …"

„Gibt es eine Möglichkeit, mich dagegen zu wehren?"

„Das überlasse ich Ihnen. Viel Glück."

10

Die drei Männer, die der schwarzen Audi-Limousine entstiegen, waren nahezu identisch gekleidet, schwarze Jeans und lange, dunkle Lederjacken, und ließen an ihrem Auftreten sofort erkennen, dass sie ab jetzt das Kommando übernehmen würden. Jedenfalls dauerte es eine Weile, bis sie Gruber und Bischoff, die zusammen mit Wegner vor dem Wohngebäude standen, zur Kenntnis nahmen und mit betont lässiger Haltung auf sie zu schlenderten. Ihr Anblick erinnerte Gruber an den Spruch eines Kabarettisten, der einem Politiker mal die Worte „Ich bin so wichtig und das nicht wenig" in den Mund gelegt hatte.

„Hauptkommissar Gruber, nehme ich an?", sagte der Anführer des Trios, ein drahtiger, humorlos wirkender Enddreißiger mit einer kleinen Narbe am Kinn. Seine zwei Begleiter waren etwas jünger, schienen aber ebenso wenig Spaß zu verstehen.

Gruber nickte nur.

„Mein Name ist Gernot Lamprecht vom Landeskriminalamt. Ich nehme an, man hat Sie über unsere Ankunft bereits informiert?"

„Hat man, ja."

„Und, wie ist die Lage?"

Gruber trat einen Schritt zur Seite und deutete

auf den Wald oberhalb der schräg gegenüberliegenden Scheune. „Nun, wir haben Hinweise darauf entdeckt, dass sie sich zumindest in dem Waldstück da oben aufgehalten hat. Aber mittendrin war dann leider Schluss, trotz der Spürhunde."

„Mit anderen Worten: Sie stecken fest. Und die Zeit läuft."

Gruber sagte nichts.

„Nun ja, jedenfalls übernehmen wir jetzt die Sache."

„Auf Anweisung von wem?"

„Das hat Sie nicht zu interessieren, Herr Kollege."

Gruber zögerte kurz. Geriet sekundenlang in Versuchung, auf stur zu schalten. Die Frau war in seinem Zuständigkeitsbereich verschwunden und er sträubte sich dagegen, dass hier eventuell etwas vertuscht werden könnte. Die Erpressungsgeschichte war letztendlich nicht der Rede wert, und dass der geschätzte Herr Landrat nicht in Verbindung mit einer spurlos verschwundenen Ex-Terroristin gebracht werden wollte, leuchtete ihm auch ein. Aber was war, sollte die Frau tot aufgefunden werden, vielleicht sogar ermordet? Wie weit würden die Kollegen auf Anweisung von oben in so einem Fall gehen, um den Landrat beziehungsweise die damit verbundene politische Dimension aus der Geschichte herauszuhalten?

„Und wie soll diese Übernahme aussehen, wenn ich fragen darf?“

„Nun, Sie und Ihre Kollegin fahren wieder zurück nach Traunstein, beschäftigen sich weiter mit dubiosen Todesfällen im Altersheim und dergleichen und überlassen uns die weiteren Ermittlungen, ganz einfach.“

Gruber rieb sich das Gesicht und blickte kurz zu Wegner, der an einen Verandapfosten gelehnt stand und die Szene aufmerksam beobachtete. Er sagte: „Dürfte ich dann wenigstens erfahren, was Sie als Nächstes vorhaben?“

„Das erfahren Sie, wenn es soweit ist … Ach ja, den Brief bitte.“

Gruber und Lamprecht starrten sich sekundenlang an.

„Den würde ich gerne behalten“, erwiderte Gruber spontan. „Zumal ich mir nicht vorstellen kann, dass er Ihnen bei der Suche nach der Frau irgendwie nützlich sein könnte.“

Lamprechts Miene vereiste. „Wollen Sie mich auf den Arm nehmen, Herr Kollege?“

„Ganz im Gegenteil, ich bin voll und ganz auf Ihrer Seite. Deswegen habe ich bislang auch die Presse aus der Sache herausgehalten. Aber ich werde nicht zulassen, dass hier irgendetwas unter den Teppich gekehrt wird, nur weil es politisch vielleicht opportun ist. Immerhin müssen wir inzwischen davon ausgehen, dass die Frau einem Verbrechen zum Opfer gefallen ist, oder sehen Sie das etwa anders?"

„Ich sehe nur, wie Ihre Karriere sich einem abrupten Ende zuneigt, mehr nicht."

„Meine sogenannte Karriere interessiert mich schon lange nicht mehr."

„Jetzt hören Sie mal zu, Sie Sturkopf. Ich weiß, dass Sie mit ein paar ziemlich üblen Burschen fertig geworden sind, und ich weiß auch, dass Sie, auf Ihre Art, ein verdammt guter Polizist sind. Und deswegen frage ich Sie: Glauben Sie im Ernst daran, dass jemand wirklich so dumm war, diese König wegen einer derart banalen Sache aus dem Weg zu räumen?"

„Was ich oder Sie glauben, sollte eigentlich keine Rolle spielen. Vor allem, solange nicht alle Fakten auf dem Tisch liegen."

Lamprecht verzog das Gesicht und streckte die Hand aus. „Zum letzten Mal: den Brief bitte!"

Gruber tat gar nichts, sagte nichts, überlegte auch nicht länger. Stand einfach nur mit verschränkten Armen da und ignorierte Lamprechts Hand.

Der LKA-Beamte blickte ihn sekundenlang ungläubig an. Mühte sich ein schiefes Lächeln ab und sagte: „Was soll das hier werden, Herr Kollege? Ein Showdown wie im Wilden Westen?“

„Das hängt ganz von Ihnen ab“, erwiderte Gruber. „Aber wenn Sie den verdammten Brief haben möchten, müssen Sie ihn sich schon holen. Sie oder einer Ihrer Laufburschen da.“

Lamprecht blickte zu Bischoff. „Würden Sie Ihrem Kollegen bitte klarmachen, dass er mit diesem kindischen Unsinn aufhören soll.“

„Unsinn? Ich bin ganz seiner Meinung, wenn Sie es genau wissen möchten.“

„Na schön, aber das wird ein Nachspiel haben, darauf können Sie sich verlassen. Und zwar für Sie beide“, zischte Lamprecht und bedeutete seinen Begleitern mit einer energischen Geste, sich Wegner zu widmen.

Gruber und Bischoff wandten sich ab und gingen zu Grubers Peugeot.

„Was sollte das denn?“, fragte Bischoff etwas säuerlich. „Ich dachte schon, ich bin im Kindergarten gelandet.“

„Na und? Aber wenn die glauben, sie können da was vertuschen, haben sie sich geschnitten“, erwiderte Gruber.

„Aber was …“

„Ich behaupte ja nicht, dass es geplant war, der König etwas anzutun“, unterbrach Gruber seine

Kollegin. „Nicht wegen dieser läppischen Briefe oder den paar tausend Euro. Aber da ist noch etwas anderes, das du wissen solltest: Dieser Freund vom Landrat, dieser Franz Dobschütz, ist nämlich ein ziemlich harter Knochen, soviel ich weiß. Der hat es nicht aufgrund seiner netten Art geschafft, sich als Sohn eines einfachen Maurers zum größten Bauunternehmer in der Region hochzuarbeiten. Ein Nachbar von mir hat mal für ihn gearbeitet und ich sage dir, da sind auch mal die Fetzen geflogen."

„Und jetzt hältst du es tatsächlich für möglich, dass der dahintersteckt? Also ehrlich, ich glaube, heute ist wirklich nicht dein bester Tag."

Gruber blieb stehen und hielt seine Kollegin am Arm fest. „Weißt du, was manchmal dein Problem ist, Ulrike: Du denkst einfach zu rational. Klar wär's Schwachsinn, wegen so einer Kleinigkeit bis zum Äußersten zu gehen. Aber es könnte doch sein, dass dieser Dobschütz auf die Idee gekommen ist, mal den starken Mann zu spielen. Dass er sich, vielleicht zusammen mit einem seiner Fahrer, die König geschnappt hat, um ihr ein bisschen Angst zu machen. Als Strafe dafür, dass sie so unverschämt war, als ehemalige Staatsfeindin einen verdienten Lokalpolitiker zu erpressen. Und dass er dabei übers Ziel hinausgeschossen ist. Oder es gab einen Unfall dabei. Ich meine, du weißt so gut wie ich, wie schnell so etwas schiefgehen kann, gerade dann, wenn Amateure daran beteiligt sind."

„Ganz schön weit hergeholt, finde ich", erwiderte Bischoff und ging weiter.

„Ich nicht. Und dass so gut wie alles möglich ist, weiß ich spätestens seit der Sache mit dem Schmidinger."

„Das lässt dir keine Ruhe, was?"

„Kann schon sein. Ich werde jedenfalls nie wieder einem Kollegen hundertprozentig vertrauen …" Gruber stockte. „Von dir einmal abgesehen natürlich."

Sie waren am Wagen angekommen. Gruber stieg ein und warf die Tür zu. Zögerte aber, den Motor zu starten. Er blickte forschend zu Bischoff, die mit zusammengepressten Lippen dasaß.

„Wir haben hier aber nichts mehr zu melden, schon vergessen?", sagte Bischoff schließlich.

„Das wird sich noch herausstellen." Nach diesen Worten startete Gruber den Motor und fuhr los.

11

„Na endlich. Ich dachte schon, du übernachtest im Büro oder sonst wo“, sagte Ingrid, während sie Gruber die Haustür aufhielt. Gruber nickte nur. Er fühlte sich wie gerädert und wünschte sich für den Augenblick nur eines: Ruhe. Etwas Ruhe, bevor der Sturm wegen dieser Anna König losbrechen würde. Denn einmal publik geworden, würde die Sache ganz schön für Aufregung sorgen.

Er stellte seine Aktentasche im Flur ab, folgte seiner Frau in die Küche und nahm sich eine Flasche Bier aus dem Kühlschrank. Er trank im Stehen einen kräftigen Schluck, stellte die Flasche auf dem bereits gedeckten Tisch ab und ging wieder in den Flur hinaus, wo er seine Heckler & Koch in der obersten Schublade des Flurschranks verstaute und Mantel, Sakko und Schuhe auszog. Froh darüber, dass sich Ingrid mit weiteren Vorwürfen zurückhielt. Er duschte kurz und eine Viertelstunde später saß er mit Ingrid am Küchentisch und erzählte ihr bei Hackbraten mit Kartoffelbrei, was den Tag über alles passiert war. Zuletzt holte er Maierhofers Liebesbrief und gab ihn Ingrid zum Lesen. Sagte dazu halb im Spaß: „Wenn wir Pech haben, kriegen wir im Morgengrauen Besuch. Erschrick also nicht, wenn plötzlich ein halbes Dutzend vermummter Gestalten mit Maschinenpistolen im Schlafzimmer steht."

„Unser lieber Herr Landrat …", merkte Ingrid an, nachdem sie den Brief gelesen und wieder ins Kuvert zurückgesteckt hatte. „Der hat bestimmt nicht damit gerechnet, dass er noch mal so von seiner Vergangenheit eingeholt wird."

„Tja, wer tut das schon", erwiderte Gruber.

„Ich frage mich nur, wieso du dich wegen dieser Frau mit dem LKA anlegst", sagte Ingrid, nachdem sie die Nachspeise, Apfelkompott mit Vanilleeis, serviert hatte. „Ich meine, diese Typen hätten seinerzeit ohne zu zögern auf dich geschossen. Oder dir eine Bombe unters Auto gelegt."

„Das kann schon sein. Aber soll ich mich deswegen zurücklehnen und sagen: Geschieht ihr nur recht, wenn sie jetzt einem Verbrechen zum Opfer gefallen ist?"

„Und die vom LKA, was können die noch machen?"

„Gute Frage. Jedenfalls haben sich die lieben Kollegen, wie mir die Werner am Abend noch mitgeteilt hat, erst mal auf dem Reiterhof einquartiert und werden morgen wohl noch mal alles absuchen lassen und dabei den Radius ausdehnen", erwiderte Gruber. „Auch wenn ich nicht mehr daran glaube, dass sie sie finden. Jedenfalls nicht lebend."

„Und wie lange wollt ihr das mit dem Brief verheimlichen?"

Gruber zuckte mit den Schultern. „Kommt darauf an. Solange als möglich natürlich, aber …"

„Was mich wundert, ist, dass du dem Maierhofer seine Story so einfach abnimmst!", unterbrach ihn Ingrid. „Wer sagt dir denn, dass sie nicht viel mehr für diese Briefe wollte, und der Maierhofer seinen Spezi Dobschütz deswegen losgeschickt hat, um sie aus dem Weg zu räumen?"

„Na hör mal …" Gruber konnte ein Lachen nicht unterdrücken. „Selbst wenn, würde so ein Vorgehen in keinem Verhältnis zu dem stehen, was sie mit diesen läppischen Briefen hätte anrichten können. Da müsste sie schon mehr gegen ihn in der Hand gehabt haben."

„Also, ich weiß nicht …"

„Warten wir's ab, einverstanden?"

„Was anderes", sagte Ingrid, während sie den Tisch abräumte. „Habt ihr nicht vor ein paar Wochen diesen Raubüberfall in Traunreut bearbeitet, dieser junge Türke, der angegeben hat, er wäre von zwei Unbekannten zusammengeschlagen und ausgeraubt worden?"

„Richtig. Und wie kommst du jetzt gerade darauf?"

„Habt ihr da schon eine Spur?"

Gruber schüttelte den Kopf. „Nein, aber jetzt sag …"

„Dann pass auf …" Ingrid setzte sich wieder zu Gruber an den Tisch und trank einen Schluck von seinem Bier. „Vielleicht steckt etwas ganz anderes dahinter: Ich hatte heute nämlich im Laden Besuch von einer Bekannten, einer Lehrerin am Traunreuter Gymnasium. Die macht sich Sorgen wegen einer russisch-stämmigen Schülerin, eine der Besten in ihrer Klasse, die in einem Jahr ihr Abitur machen soll und jetzt urplötzlich ohne ersichtlichen Grund von der Schule abgehen möchte."

„Na und?"

„Na ja, so viel ihr bekannt ist, hat oder hatte das Mädel einen jungen Türken zum Freund! Was sagst du jetzt?"

„Das könnte einiges erklären …"

„Das dachte ich auch. Könnte doch sein, dass ihr Freund genau deswegen verprügelt wurde. Und dass sie jetzt abhauen wollen, um weiteren Schwierigkeiten aus dem Weg zu gehen."

„Romeo und Julia in Traunreut, oder wie?"

„Warum nicht?"

Gruber nickte. „Ich werde mich mit der Sache noch mal befassen", versprach er, stand auf und nahm seine halbleere Flasche Bier mit ins Wohnzimmer, wo er sich auf das Sofa setzte und überlegte, wie er mehr über Anna Königs Aufenthalt in Waging herausfinden könnte. Und da gab es eigentlich nur eine Person, die ihm weiterhelfen konnte, sein alter Freund und Schulkamerad Walter Schott. Der hatte seinerzeit alles und jeden gekannt, bis er im Herbst '69 nach Berlin abgehauen war, um dem Wehrdienst zu entgehen.

Gruber zog sein Handy aus der Hosentasche und tippte Schotts Nummer ein. Zu seiner Überraschung war Schott sofort am Apparat.

„Seit wann kannst du Gedanken lesen?", fragte er. „Ich wollte dich auch noch heute anrufen."

„Wie das?"

„Weil es gute Nachrichten gibt. Ich habe nämlich endlich einen Produzenten gefunden, der sich für meine Missionsgeschichte interessiert."

„Missionsgeschichte?", wiederholte Gruber verblüfft. Soweit er wusste, hatte sich Schott für Glaubensfragen nie interessiert und war nur seinen Eltern zuliebe nicht schon als Jugendlicher aus der Kirche ausgetreten. War sein Freund, der seit Jahrzehnten mit Drehbüchern für TV-Serien sein Geld verdiente, auf seine späten Tage etwa religiös geworden? Das wäre eine echte Enttäuschung gewesen!

„Ja, so eine Mischung aus ‚Die sieben Samurai' und der Geschichte des Heiligen Bonifatius. Habe ich schon ewig in der Umlaufbahn. Wollte bisher aber keiner machen: zu abwegig, zu teuer und zu gewalttätig."

„Verstehe. Und wer ist der Held der Geschichte?"

„Sind eigentlich drei, und zwar ganz unterschiedliche Typen, die zusammen eine Reise ins, sagen wir mal, Herz der germanischen Finsternis unternehmen. Wobei einer die Liebe findet, ein zweiter seinen Seelenfrieden und der dritte den ersehnten Tod auf dem Schlachtfeld."

„Klingt spannend."

„Eben. Und das Beste ist, ich soll deswegen nach Los Angeles kommen, schon nächste Woche vielleicht."

„Na toll."

„Okay, und jetzt du. Du hast doch garantiert einen triftigen Grund, mich anzurufen, stimmt's?"

„In gewisser Weise ja. Du hast doch sicher mitbekommen, dass diese Ex-Terroristin Anna König letzten Oktober nach über zwanzig Jahren Haft entlassen wurde."

„Habe ich, klar."

„Dann pass auf: Die hat nämlich im Sommer '69 mit ihren Eltern am Waginger See Urlaub gemacht und war dabei auch viel im Seestadl, wie ich aus sicherer Quelle erfahren habe. Ich selbst habe damals keine Anna kennen gelernt, du weißt ja, auf wen ich fixiert war, aber du vielleicht?"

„Tut mir leid", sagte Schott, nachdem er einen Moment nachgedacht hatte, „ich kann mich zwar vage an eine Anna beziehungsweise Anni erinnern, aber die war aus Teisendorf, soviel ich weiß, und ein gutes Stück älter als ich. Und wieso die Frage?"

„Nun, diese Anna König ist vor einer Woche wieder hier aufgetaucht, angeblich, weil es ihr seinerzeit so gut gefallen hätte, und ist seit gestern Nachmittag verschwunden. Genauer gesagt, haben wir nahe einem Waldstück zwischen Obing und Altenmarkt ihren Wagen gefunden, aber von ihr selbst bis jetzt keine Spur."

„Und wieso bist du damit befasst?"

Gruber zögerte kurz. Er war zwar überzeugt davon, dass Schott dichthalten würde, was immer auch passieren sollte, fand es letztlich aber zu früh, um schon alles auszuplaudern. Zumal nicht auszuschließen war, dass die Kollegen vom LKA sein Telefon abhörten und Schott deswegen in die Bredouille kommen könnte. Er sagte: „Na ja, immerhin ist sie mehr oder weniger eine Person des öffentlichen Interesses und deswegen dachte die Werner, also die Staatsanwältin, ich sollte mich persönlich darum kümmern."

„Tja, tut mir echt leid, dass ich dir nicht helfen kann. Aber mir fällt gerade ein, dass ich damals einen Artikel auf Spiegel Online gelesen habe, der davon handelte, dass sich die Eltern von dem einen Kind, das bei dem letzten Bombenanschlag der König-Gruppe schwer verletzt wurde, über die vorzeitige Freilassung massiv beschwert hätten."

„Ziemlich gewagt, würde ich sagen …"

„Vielleicht, aber der Junge hat sein rechtes Bein verloren und auch sonst einiges abgekriegt. Und du weißt ja selbst am Besten, was Rache für ein starkes Motiv sein kann. Und wenn man dann noch die Möglichkeiten dazu hat, würde ich nichts ausschließen."

„Inwiefern?"

„Sein Vater ist Immobilienmakler oder Investor, so genau weiß ich das jetzt nicht mehr. Aber angeblich einer von der ganz exklusiven Sorte, stinkreich und mit Niederlassungen in ganz Europa. Und verfügt auf diese Weise garantiert über die entsprechenden Verbindungen."

„Na ja, vielleicht ist da ja wirklich was dran …", gab Gruber zu.

„Eben. Und, wie geht's Ingrid? Hält sie es noch aus mit dir?"

„Willst du mit ihr sprechen?"

„Danke, aber ich muss gleich weg. Aber vielleicht komme ich im Sommer für ein paar Wochen zu euch."

„Das würde mich freuen. Bis dann. Und viel Erfolg in Los Angeles."

„Danke dir." Gruber legte das Handy auf den Couchtisch und dachte über Schotts Hinweis nach. Das wäre ja echt ein Ding, dachte er, unglaublich, aber durchaus möglich. Aber jetzt fühlte er sich zu müde, um selbst noch Nachforschungen im Internet anzustellen. Er trank sein Bier aus und ging ins Bad, um sich die Zähne zu putzen.

12

Gruber fand keinen Schlaf. Unruhig wälzte er sich im Bett herum und blickte zum dritten oder vierten Mal auf den Wecker. Erst zwei vorbei! Dabei war er selten so müde und erschöpft wie heute nach Hause gekommen. Konnte es sein, dass er den Außendienst allmählich der Bischoff überlassen sollte, dass er besser am Schreibtisch aufgehoben war? Dieses ständige Herumfahren, diese Lügen, Halbwahrheiten und Ausreden, die ihm ständig präsentiert wurden, all dies schien ihn langsam aber sicher mürbe zu machen. Oder war es nur der Ärger mit diesem Schnösel vom LKA, der sich für besonders schlau hielt?

„Was ist denn?“, fragte Ingrid schließlich. „Hast du wirklich Angst, die vom LKA könnten das Haus stürmen, um an diesen blöden Brief zu kommen?“

Gruber schüttelte den Kopf.

„Was ist es dann?“

„Wenn ich das wüsste …“

Ingrid richtete sich auf und blickte ihn mit nachdenklicher Miene an. „Ich verstehe ja, dass du sauer bist, weil sie dir den Fall weggenommen haben. Aber betrachte es doch mal von der positiven Seite: Wie immer sich die Sache entwickelt, du bist nicht dafür verantwortlich.“

„Und das soll mich jetzt beruhigen, oder wie?“

„Ich meine ja nur …“

Gruber warf die Bettdecke zurück, zog die Knie an und starrte zur Decke. „Ich frage mich nur die ganze Zeit, warum sie noch dageblieben ist, nachdem der Deal mit dem Maierhofer abgewickelt war und sie ihr Geld hatte. Zum Gegend- Anschauen hätte sie schließlich vorher genug Zeit gehabt! Warum ist sie nicht nach Köln zurück? Und warum finden wir ihren Wagen mitten in der Prärie, wo sich Fuchs und Hase gute Nacht sagen?“

„Bis auf die Leute in diesem Tal …“

„Ja, aber irgendwie aufgefallen ist mir da auch keiner.“

„Trotzdem. Vielleicht wollte sie dort jemanden überraschen? Oder erst mal die Lage checken, bevor sie sich zeigt?“

„Und wieso?“

„Na ja, vielleicht war der Maierhofer damals nicht der Einzige, mit dem sie ins Bett gehüpft ist?“ Sie zögerte kurz, versuchte ein Lächeln. „Ich sag’s dir ungern, aber ich hatte auch hin und wieder mehr als einen Freund gleichzeitig.“

Gruber grinste kläglich. „Ein Wunder, dass du es jetzt mit einem Langweiler wie mir aushältst.“

„Du bist kein Langweiler. Du hast nur ein bisschen länger gebraucht, um dich zu entwickeln.“

Sie zog seine Bettdecke wieder hoch und schlüpfte zu ihm. „Jedenfalls bist du jetzt der coolste Typ, den ich mir vorstellen kann … Für dein Alter, versteht sich."

„Auch noch frech werden, was?"

Gruber gab seiner Frau einen Kuss und drückte sie fest an sich. Er spürte, wie seine Anspannung nachließ und sich eine wohlige Wärme in ihm ausbreitete. Und sich unvermutet eine neue Frage stellte: Schlaf oder Sex? Ingrid schien seine Gedanken erraten zu haben, denn sie griff behutsam nach seinem Penis und begann, ihn sanft zu massieren.

„Und wenn es tatsächlich ein Racheakt war, wie Schott gemeint hat?", fragte sie zwischendurch. „Wenn die Eltern von diesem Jungen ein paar Typen engagiert haben, die ihr was auch immer antun sollten? Ist doch alles letztendlich nur eine Geldfrage."

„Sicher. Aber wenn, dann hätten sie garantiert Profis damit beauftragt. Und die hätten den Wagen dort nicht einfach stehen lassen. Die hätten nichts hinterlassen, was auf ein Verbrechen gedeutet hätte."

„Stimmt auch wieder. Was ist eigentlich mit den Leuten auf diesem Reiterhof? Wenn dieser Typ in dem Alter noch lange Haare hat und wie ein Spät-Hippie wirkt, wie du erzählt hast, dann war er früher sicher auch mal im Seestadl, könnte ich mir vorstellen."

„Stimmt, vom Alter her könnte das hinkommen. Und auch von der Art, wie er sich so gibt. Aber der ist mit seiner Frau erst vor zehn oder elf Jahren dorthin gezogen."

„Und wo haben sie vorher gewohnt?"

„Hm, habe ich ihn gar nicht gefragt. Aber ich denke, irgendwo auswärts. Jedenfalls ist er kein Einheimischer, der Sprechweise nach ..."

„Dann müsst ihr alle Leute, die dort wohnen und im entsprechenden Alter sind, halt noch einmal überprüfen. Kann doch auch sein, dass sie nicht gesehen werden wollte, weil es eben kein ehemaliger Freund oder Lover ist, der dort wohnt."

„Sondern?"

„Keine Ahnung. Aber wer weiß, was sie damals am Waginger See noch alles getrieben hat, außer dem Maierhofer den Kopf zu verdrehen."

„Ich weiß nicht. Wenn sich nicht einmal der Schott an sie erinnert, sehe ich da schwarz."

„Ja, der hat wirklich alle gekannt ...", bestätigte Ingrid.

„Außerdem, das müssten ja furchtbare Sachen gewesen sein, wenn da heute noch Feindschaft herrschen würde."

„Allerdings."

„Abgesehen davon ist das immer noch keine Erklärung dafür, warum sie einfach ihren Wagen stehen lässt und verschwindet. Aber warte mal …" Gruber fuhr in die Höhe, plötzlich wie elektrisiert. Er schob Ingrids Hand beiseite und atmete ein paar Mal tief durch, bis sich sein Puls wieder beruhigt hatte. Wieso war ihm das nicht längst eingefallen, was Bischoff ihm am Morgen, auf die Frage nach Freunden von Anna König hier in der Gegend, erwidert hatte: „Wenn nicht Freunde, dann vielleicht Gesinnungsgenossen …" Bischoff war skeptisch gewesen und hatte zurückgefragt: „Hier im Chiemgau?" Und er: „Warum nicht? Wer sagt denn, dass diese Leute inzwischen nicht auch die Freuden des Landlebens entdeckt haben?"

„Was ist?", fragte Ingrid irritiert.

„Feindschaft", murmelte Gruber. „Das ist das Stichwort …"

„Ich verstehe kein Wort."

„Wirst du gleich, keine Sorge." Gruber griff nach seinem auf dem Nachttisch abgelegten Handy und gab Bischoffs Nummer ein.

„Bist du verrückt?", sagte Ingrid. „Es ist halb drei Uhr morgens …"

„Na und? Wenn es brennt, schaust du auch nicht auf die Uhr und überlegst, ob es zeitlich angebracht ist, die Feuerwehr zu alarmieren."

Es dauerte keine zehn Sekunden, bis sich Bischoff mit verschlafener Stimme meldete: „Ja?“

„Tut mir leid, wenn ich dich geweckt habe“, sagte Gruber, „aber mir ist da eben etwas eingefallen.“

„Ich höre.“ Es klang ganz sachlich.

„Du hast mir heute Vormittag doch die Vorgeschichte der König erzählt, dass es damals zu dieser Schießerei mit der Polizei kam, bei der zwei Leute aus ihrer Gruppe ums Leben kamen und ein dritter gefasst wurde. Ihr selbst aber gelang die Flucht, ebenso zwei anderen, von denen bis heute jede Spur fehlt.“

„Ja, richtig.“

„Weißt du zufällig noch, was die beiden für Jahrgänge waren, wenigstens ungefähr?“

„Die Frau wurde ’51 geboren, wenn ich mich recht erinnere, und der Mann Ende der vierziger Jahre, ’47 oder ’48.“

„Okay, und jetzt überleg mal …“

„Du meinst, das könnten unsere Pferdefreunde sein?“, fragte Bischoff nach wenigen Sekunden.

„Warum nicht? Der Mann, dieser Wegner, käme auf jeden Fall in Frage. Der ist um die Mitte sechzig, würde ich sagen.“

„Und jetzt glaubst du, die König war auf dem Weg zu den beiden, es gab Streit oder was auch immer, und die zwei haben sie umgebracht?“

„Na klar. Sie verbringt über zwanzig Jahre im Knast, während die anderen völlig unbehelligt leben. Wenn das kein Grund ist, sich in die Haare zu kriegen, weiß ich auch nicht weiter."

„Sollten wir dann nicht schleunigst etwas unternehmen? Vielleicht ist sie ja doch noch am Leben?"

Gruber setzte sich auf die Bettkante und überlegte, was sie auf die Schnelle in die Wege leiten könnten. Aber selbst wenn sie mit ihrem Verdacht Recht haben sollten und Wegner und seine Frau für das Verschwinden der König verantwortlich waren, konnte er sich nicht vorstellen, dass die zwei Ex-Terroristen ihre Ex-Komplizin wie in einem schlechten Horrorfilm im Keller gefangen halten würden. Schon gar nicht jetzt, wo es rings um sie von Polizei nur so wimmelte und sie jederzeit mit einer Hausdurchsuchung rechnen mussten. Nein, falls die König den beiden wirklich in die Hände gefallen sein sollte, und im Augenblick sah es ganz danach aus, hätten sie die Frau längst beseitigt und irgendwo außerhalb des Tals vergraben. Blieb nur die Frage, wieso sie den Wagen der König nicht ebenfalls weggeschafft hatten.

Er sagte: „Wenn da wirklich was gelaufen ist, ist die König längst tot, würde ich sagen. Auch wenn ich nicht verstehe, wieso sie in diesem Fall ihren Fiat einfach haben stehen lassen."

„Und das heißt?“

„Das heißt, dass unsere einzige Chance, ihnen etwas nachzuweisen, darin bestehen würde, uns dumm zu stellen und sie so lange im Auge zu behalten, bis sie einen Fehler machen.“

„Zum Beispiel, indem sie nachsehen, ob die Leiche der König noch sicher unter der Erde liegt?“

„Zum Beispiel, ja.“

„Und wenn wir uns täuschen und die Frau doch noch lebt und nur darauf wartet, gerettet zu werden?“

„Tja, das ist jetzt die Frage. Ich könnte den Lamprecht verständigen, die Kollegen vom LKA übernachten nämlich auf dem Hof, soviel ich weiß.“

„Dann weißt du mehr als ich.“

„Entschuldige, aber du warst schon weg, als ich's von der Werner erfahren habe.“

„Wir sehen uns morgen früh im Büro. Gute Nacht.“

13

Bischoff saß schon an ihrem Platz, mit jeder Menge Computerausdrucke vor sich auf dem Schreibtisch, als Gruber am nächsten Morgen kurz nach 8 Uhrdas Büro betrat. Gruber stellte seine Aktentasche ab, setzte sich und bedachte seine Kollegin mit einem betont freundlichen Blick.

„Dafür, dass ich dich mitten in der Nacht geweckt habe, warst du schon ganz schön aktiv, wie ich sehe …", sagte er. „Seit wann bist du überhaupt schon hier?"

„Seit kurz nach sechs."

„Und, was hast du bis jetzt herausgefunden, wenn ich fragen darf?"

„Eine ganze Menge. Aber erst sollten wir die Frage klären, ob wir die Kollegen über unseren Verdacht informieren oder nicht?"

Gruber schüttelte den Kopf. „Später. Lass erst mal hören, was du hast."

„Na gut." Bischoff beugte sich vor und schob Gruber ein paar der Computerausdrucke über den Tisch zu. „Pass auf: Dieser Wegner und seine Frau Jutta sind tatsächlich erst im August 2003 dorthin gezogen, nachdem der Vormieter, ein hoher Beamter aus dem Innenministerium, in ein Seniorenheim in Prien gezogen war, wo er 2008 auch verstarb.

Eigentümer des Anwesens ist übrigens eine Bank in München, die es 1998 von einem gewissen Markus Plenk gekauft hat. Was die zwei vorher beruflich gemacht haben, geht daraus allerdings nirgends hervor, genauso wenig wie Herkunft, Background und so weiter. Aber in einem Interview, dass der Wegner vor ein paar Jahren einem Pferde-Magazin gegeben hat, hat er angegeben, dass sie in jungen Jahren viel gereist seien und zwischendurch auch mal längere Zeit im Ausland gelebt hätten, zum Beispiel in der Dominikanischen Republik, wo sie in der Gastronomie gearbeitet hätten."

„Nicht schlecht", sagte Gruber. „Versuch mal, das nachzuprüfen."

„Genau. Konkret ist nur, dass ihr Laden so lala läuft, dass sie pünktlich ihre Steuern zahlen und bislang auch sonst nirgends negativ in Erscheinung getreten sind."

„Also richtige Musterbürger?"

„Könnte man so sagen."

„Und unsere Terroristen, Dirk Weber und Marlene Fürmann?"

„Da sieht's noch düsterer aus. Ich habe alle möglichen Quellen und Dateien überprüft, aber nada. Ein paar Mal werden die Namen zwar erwähnt, aber ansonsten sind sie anscheinend komplett von der Bildfläche verschwunden. Keine Fotos, keine

Berichte über ihre damaligen Aktivitäten, kein gar nichts. Dabei müsste dem Stand der Dinge nach, soweit offiziell verlautbart, ja weiter nach ihnen gefahndet werden."

„Interessant. Und was schließen wir daraus?"

„Dass sie sozusagen gelöscht wurden, nachdem jemand seine schützende Hand über die beiden gehalten hat. Und das noch immer tut, so wie es aussieht."

Gruber nickte. „Fragt sich nur, wer und aus welchem Grund?"

„Der Grund dürfte eindeutig sein. Die zwei waren damals nicht zufällig außer Haus, als die Polizei das Gebäude stürmte, sondern haben mit dem Verfassungsschutz oder wem auch immer einen Deal gemacht und ihre Komplizen verraten. Und haben dafür Straffreiheit und eine neue Identität erhalten."

„Und haben irgendwann Heimweh bekommen und beschlossen, sich im schönen Chiemgau anzusiedeln", ergänzte Gruber.

„Genau. Bleibt nur noch die Frage, wie die König den beiden auf die Spur gekommen ist, wenn sie doch eigentlich wegen dem Maierhofer hier aufgekreuzt ist."

Gruber nickte nur.

Bischoff stand auf, streckte sich und machte sich an der Kaffeemaschine zu schaffen. „Ich finde, wir sollten trotzdem etwas unternehmen und nicht darauf warten, dass die anderen einen Fehler machen", sagte sie zwischendurch. „Vielleicht halten sie die König ja ganz woanders gefangen und können wegen dem ganzen Rummel jetzt nicht zu ihr und die Frau stirbt deswegen?"

Gruber verzog das Gesicht. „Kann mir nicht vorstellen, wo das sein könnte. Du vielleicht?"

„Weiß nicht? Vielleicht in dem leer stehenden Haus gleich bei ihnen um die Ecke?"

„Na ja, möglich ist alles, aber …"

„Wir könnten sie jedenfalls mit unserem Verdacht konfrontieren und klarmachen, dass …"

Ein Klopfen an der Tür unterbrach sie. Gleich darauf stand Dr. Werner im Zimmer und blickte die Beamten erstaunt an. „So früh schon aktiv?"

„Wir haben da vielleicht eine Spur entdeckt …" Gruber berichtete der Staatsanwältin mit knappen Worten von ihrem Verdacht gegen Wegner und dessen Frau und ihrer Absicht, die mutmaßlichen Ex-Terroristen vorerst nur zu observieren, um ihnen so eine Falle zu stellen.

Die Staatsanwältin hörte aufmerksam zu und sagte: „Damit wäre ich durchaus einverstanden, aber leider wird daraus wohl nichts mehr werden."

„Wie bitte?", fragten Gruber und Bischoff gleichzeitig.

„Der Kollege Lamprecht hat mich eben darüber informiert, dass sie gerade dabei sind, das Anwesen der beiden auf den Kopf zu stellen."

„Und wieso?", fragte Gruber baff.

„Exakt aus den Gründen, die Sie eben genannt haben. Anscheinend hat der Kollege auch seine Hausaufgaben gemacht. Aber es nicht erwarten können, der Sache auf den Grund zu gehen."

„Mist."

„Und jetzt?", fragte Bischoff.

„Am besten, Sie fahren hin und schauen sich die Sache aus der Nähe an", erwiderte die Staatsanwältin. „Aber ich weiß von nichts", fügte sie mit einem Lächeln hinzu.

14

Die Hausdurchsuchung war bereits in vollem Gange, als Gruber und Bischoff kurz nach halb zehn am Reiterhof eintrafen. Gruber stellte seinen Peugeot ein Stück vor der Einfahrt ab und blickte verwundert auf das Aufgebot, das Lamprecht mobilisiert hatte. Sechs oder sieben Autos standen auf dem Hof des Anwesens und es wimmelte geradezu von Beamten in Uniform als auch in Zivil.

„Damit dürfte sich die Frage, ob die König von den beiden hier gefangen gehalten wird, wohl erledigt haben", sagte Gruber.

„Allerdings."

Sie stiegen aus und gingen zum Tor, wo ihnen Lamprecht bereits entgegenkam, mit geradezu verzücktem Gesichtsausdruck. Im Hintergrund erblickten sie Schneider, der eben ein paar Fotos von der Aktion machte. Von Wegner oder seiner Frau war nichts zu sehen.

„Einen wunderschönen guten Morgen, die Kollegen", sagte Lamprecht.

„Was ist denn hier passiert?", fragte Gruber mit Unschuldsmiene. „Das sieht ja aus hier, als wären Sie auf eine Goldmine gestoßen."

„Äh ja …" Lamprecht wirkte kurz verunsichert. „Hat Ihre Staatsanwältin Sie denn nicht informiert?"

„Nur, dass Sie eine Hausdurchsuchung vornehmen“, erwiderte Bischoff nach einem Blick zu Gruber.

„Genau, und das aus gutem Grund.“

„Und der wäre?“, fragte Gruber.

Lamprecht lächelte breit. „Nun, Sie hätten sich vielleicht die Mühe machen sollen, die Vorgeschichte der König zu überprüfen. Dann wären Sie vielleicht selbst darauf gestoßen, was hier vorgefallen sein könnte.“

„Sie meinen, dass es sein könnte, dass die Frau von den Leuten hier, bei denen es sich mit größter Wahrscheinlichkeit um Dirk Weber und Marlene Fürmann handelt, umgebracht wurde?“, sagte Gruber.

Lamprechts triumphales Gehabe verflüchtigte sich. „Seit wann wissen Sie das?“, knurrte er.

„Wissen wäre übertrieben“, erwiderte Bischoff. „Es war nur naheliegend, wenn man alles zusammenzählt.“

„Und können Sie auch schon beweisen, dass die zwei Weber und Fürmann sind?“, fragte Gruber.

„Noch nicht. Aber das dürfte nur eine Frage der Zeit sein. Ebenso, wieso die zwei ausgerechnet hier gelandet sind und sich augenscheinlich nicht verfolgt fühlten. Was wohl darauf hindeutet, dass die Kollegen vom Verfassungsschutz ihre Hand im

Spiel hatten. Jedenfalls haben wir jetzt ein Motiv und damit auch die Täter." Er lächelte wieder. „Klassische Polizeiarbeit eben, sollte Ihnen nicht gänzlich unbekannt sein."

„Und, was sagen die zwei dazu?", fragte Bischoff.

„Wir haben sie damit noch nicht konfrontiert. Haben ihnen nur erklärt, dass wir einen anonymen Tipp erhalten hätten und deswegen Handlungsbedarf besteht. Und das war nicht einmal gelogen, wie sich netterweise herausgestellt hat."

„Was soll das heißen?", fragte Gruber.

Lamprecht drehte sich um und winkte Schneider zu sich heran. Der Reporter trat auf sie zu und grinste Gruber frech an.

„So trifft man sich wieder, Herr Hauptkommissar", sagte er süffisant.

„Leider …"

„Sagen Sie es ihm", sagte Lamprecht zu Schneider.

„Ich habe heute Morgen einen Anruf erhalten", erklärte Schneider nach einer Kunstpause mit gewichtiger Miene. „Anonym natürlich, vermutlich von einer Telefonzelle aus, den Geräuschen nach zu urteilen. Ein Mann so um die fünfzig, würde ich sagen. Dürfte von hier stammen, der Ausdrucksweise nach, auch wenn er versucht hat, seine Stimme zu verstellen …"

„Könnten wir langsam zur Sache kommen?", unterbrach Gruber den Mann.

„Immer mit der Ruhe, Herr Kommissar. Der Mann hat gesagt, dass er meinen Artikel über das Verschwinden dieser Anna König gelesen habe und bei einer Wanderung am Sonntagnachmittag die Frau auf dem Hof hier gesehen hätte, zusammen mit einem Mann mit langen, zu einem Zopf zusammengebundenen Haaren."

„Hat er auch gesagt, von wo aus er diese Beobachtung gemacht hat?", fragte Gruber.

Schneider deutete auf eine kleine Lichtung im Wald oberhalb des Reiterhofs. „Ich schätze, von dort oben."

„Also ich könnte aus dieser Entfernung nicht erkennen, wer Mann und wer Frau ist", sagte Bischoff.

„Ich kann nur wiederholen, was ich gehört habe …", erwiderte Schneider.

„Oder was Sie sich ausgedacht haben, um eine Story zu fabrizieren", sagte Gruber.

„Ihre Feindseligkeit geht mir langsam auf die Nerven, Herr Kommissar", sagte Schneider nach einem Seitenblick zu Lamprecht. „Wenn Sie die Arbeit der Presse nicht zu schätzen wissen, ist das Ihr Problem. Aber deswegen lasse ich mich noch lange nicht beschuldigen, ich sei ein Lügner."

Gruber sagte nichts.

„Kann ich jetzt weitermachen?", fragte Schneider den Mann vom LKA.

„Natürlich. Ich bitte darum", erwiderte Lamprecht. „Zeigen Sie der Welt, wie tüchtig wir sind."

Gruber horchte erstaunt auf. Dass Lamprecht einen Sinn für Ironie haben könnte, damit hatte er nicht gerechnet. Schneider warf ihm noch einen abfälligen Blick zu, drehte sich um und stolzierte mit erhobener Kamera zurück auf den Hof.

„Ein anonymer Anruf von einem Typ, der zufällig genau das gesehen hat, was eine gute Story ergibt und Ihnen in den Kram passt", sagte Gruber zu Lamprecht. „Kommt Ihnen das nicht ein bisschen komisch vor?"

„Und wenn schon, was soll ich machen?"

„Na gut, dann sind wir hier ja wohl überflüssig", sagte Gruber zu Bischoff.

Bevor Lamprecht antworten konnte, wurde es im Hof schlagartig still. Gruber blickte sich um. Einer der Beamten, ein Anzugträger um die dreißig, kam auf sie zugeeilt.

„Wir haben da vielleicht was entdeckt", rief der Mann Lamprecht zu, zögerte aber, mit Blick auf Gruber und Bischoff, weiterzusprechen.

„Reden Sie ruhig", erwiderte Lamprecht. „Die zwei sind Kollegen aus Traunstein."

„Ein Ohrring. Wir haben in der Scheune einen Ohrring gefunden …"

„Dann mal los." Lamprecht setzte sich in Bewegung, Gruber und Bischoff folgten ihm.

Der Ohrring lag an der Wand, verdeckt von einem Heuballen. Einer der Beamten war eben dabei, den Ohrring zu fotografieren.

„Jetzt haben wir sie", murmelte Lamprecht. „Jetzt sind sie dran."

„Verstehe ich nicht", sagte Gruber. „Den kann doch jede Frau verloren haben."

„Tja, Herr Kollege, scheint so, als hätte ich Ihnen doch etwas voraus. Die Pensionswirtin der König, eine Frau Helminger, hat nämlich nebenbei erwähnt, als ich gestern Abend bei ihr war, dass die König ziemlich auffallende Ohrringe getragen habe. Und mir die Dinger auch beschrieben. Und voilà, der hier sieht genauso aus … Was sagen Sie jetzt?"

15

„Jetzt geben Sie es doch endlich zu: Die Pensionswirtin, bei der sich Frau König ein Zimmer gemietet hatte, hat den Ohrring eindeutig wiedererkannt", sagte Lamprecht. „Und wenn wir morgen das Ergebnis der Laboruntersuchung vorliegen haben, haben wir auch den objektiven Beweis dafür."

„Ich kann mich nur wiederholen", erwiderte Wegner mit inzwischen brüchiger Stimme und lehnte sich dabei zurück. „Weder ich noch meine Frau haben diese Anna König je zu Gesicht bekommen, geschweige denn, ihr etwas angetan. Wie dieser Ohrring da hingekommen ist, ist mir ein Rätsel. Ganz abgesehen davon, dass ich nicht wüsste, welches Motiv wir gehabt haben sollten, dieser Frau etwas anzutun." Er stieß einen Seufzer aus und schüttelte den Kopf. „Aber jetzt ist endgültig Schluss mit der Sprechstunde. Ich möchte endlich meinen Anwalt anrufen …"

„Aha, und wer ist der Herr?"

„Dr. Oskar Klemm aus München."

„Dieser Staranwalt?", fragte Lamprecht überrascht zurück.

„Genau der."

„Das ist ja sehr interessant …"

„Überhaupt nicht. Wir haben uns vor zwei Jahren beim Segeln am Chiemsee zufällig kennen gelernt und uns dabei angefreundet."

Lamprecht blickte fragend zu Gruber und Bischoff, die auf dem Sofa saßen und der Vernehmung bislang schweigend gefolgt waren. Gruber zuckte nur mit den Schultern und gab zu verstehen, dass er sich vorläufig heraushalten wollte.

„Na schön, Herr Wegner", sagte Lamprecht, „dann wollen wir mal Klartext reden. Vor allem, was Ihr angeblich nicht vorhandenes Motiv betrifft. Oder soll ich besser Herr Weber zu Ihnen sagen, Dirk Weber …?"

Wegners Gesichtsausdruck verriet nicht viel. Er wetzte nur in seinem Sessel herum, kniff die Augen zusammen und tat so, als müsse er sich konzentrieren. Er hat längst damit gerechnet, dass er aufgeflogen ist, dachte Gruber.

„Ich verstehe kein Wort", sagte Wegner nach einer Pause. „Ich habe diesen Namen noch nie gehört."

„Tatsächlich?"

„Ja …"

Lamprecht beugte sich vor und schlug unerwartet mit der Faust auf den Tisch.

„Jetzt hören Sie schon auf mit dieser Schmierenkomödie. Sie wissen ganz genau, wovon ich rede. Dass Sie in Wirklichkeit Dirk Weber sind und Ihre

Frau in Wirklichkeit Marlene Fürmann. Dass Sie zwei Terroristen sind, die vor über dreißig Jahren untergetaucht sind, und dass Ihnen vorgestern zufällig eine Ex-Komplizin über den Weg gelaufen ist, die Sie beseitigen mussten, um nicht aufzufliegen."

Wegner schüttelte den Kopf und blickte an Lamprecht vorbei zum Fenster hinaus. „Selten so einen Schwachsinn gehört ...", murmelte er.

„Ach ja? Und wie kommt dann der Ohrring in die Scheune?"

„Vielleicht hat sie dort übernachtet und dabei diesen scheiß Ohrring verloren."

„Sehr witzig."

Lamprecht erhob sich aus seinem Sessel, lief ein paar Schritte auf und ab und lehnte sich mit der Schulter gegen das Bücherregal, den Blick wieder auf Wegner gerichtet.

„Mir ist natürlich klar, dass Sie auf Ihre Freunde vom Verfassungsschutz setzen", sagte er, wieder ganz ruhig. „Die haben Sie hier doch untergebracht, oder? Oder haben Sie zumindest dabei unterstützt, nachdem Sie damals die übrigen Mitglieder Ihrer Gruppe verraten und so Ihren Hals aus der Schlinge gezogen haben. Aber da täuschen Sie sich. Die werden nämlich alle sehr mit sich selbst beschäftigt sein, wenn herauskommt, dass Sie beide eine ehemalige Komplizin ermordet haben. Dann sind sie nach dieser NSU-Geschichte nämlich endgültig diskreditiert."

„Tun Sie mir einen Gefallen, ja?", sagte Wegner.

„Ich höre", erwiderte Lamprecht erwartungsvoll.

„Erzählen Sie das alles Dr. Klemm, okay?"

„Sie Idiot …"

„Eines würde mich doch interessieren", sagte Gruber in die eingetretene Stille, an Wegner gewandt: „Dass Ihnen das Malheur mit dem Ohrring passiert ist, kann ich noch verstehen, aber wieso haben Sie nicht auch den Wagen der König weggeschafft? Immerhin hätten Sie eine ganze Nacht Zeit dazu gehabt. Ich meine, deswegen sind wir doch erst auf Sie gestoßen?"

„Weil ich verdammt noch mal mit der Sache nichts zu tun habe, deswegen", erwiderte Wegner. „Aber danke für den Hinweis. Mein Anwalt wird diesen Umstand sicher zu schätzen wissen und entsprechend argumentieren."

Lamprecht warf Gruber einen bösen Blick zu. „Das werden wir ja sehen", sagte er. „Jedenfalls sind Sie und Ihre Frau hiermit vorläufig festgenommen."

„Mich können Sie mitnehmen", sagte Wegner. „Aber meine Frau lassen Sie gefälligst hier."

„Was ich kann, bestimme ich noch immer selbst", sagte Lamprecht und ging zur Tür. Gruber und Bischoff wechselten einen letzten Blick mit Wegner, standen auf und gingen wieder hinaus auf den Hof.

„Fahren wir zurück“, sagte Gruber. „Ich denke, die Show ist für heute vorbei.“

„Du hältst ihn für schuldig, nicht?“

„Warten wir’s ab.“

16

Gruber stand in der Sonne und atmete erfreut die milde Luft ein, die sich seit dem Morgen unvermutet ausgebreitet hatte. Der erste richtige Frühlingstag in diesem Jahr, geradezu perfekt für einen ersten Ausflug in den Biergarten! Dabei fiel ihm eine Zeile aus einem Lied von Lou Reed ein: An so einem Tag wünschte man sich, ein anderer Mensch, ein guter Mensch zu sein. Er lächelte versonnen und ging weiter, zurück zu Bischoff an den Tisch. Trank im Stehen einen Schluck von seinem alkoholfreien Bier und unterdrückte ein Gähnen.

„Was ist?", fragte Bischoff. „Hast du schon genug?"

„Eigentlich schon."

Gruber setzte sich und blickte auf den Stapel Zeitungen, den sie während der vergangenen paar Stunden durchgesehen hatten. Erst im Büro und seit gut einer Stunde, auf seinen Vorschlag hin, hier im Biergarten beim Wochinger. Wie er nicht anders erwartet hatte, war der Medienrummel riesig. In allen Fernsehnachrichten waren die mögliche Ermordung von Anna König und die damit verbundene Festnahme von Dirk Weber und Marlene Fürmann das Hauptthema gewesen, und auch alle bedeutenden Zeitungen waren groß eingestiegen, mit ausführlichen Berichten und reißerischen Kommentaren.

Dass es dem LKA gelungen war, sich dabei gegen den Verfassungsschutz durchzusetzen, hatte ihn nicht überrascht. Immerhin galt es, Maierhofer und seine Partei möglichst aus dem Spiel zu halten. Richtig bizarr hingegen erschien ihm die Presseerklärung der Verfassungsschützer, sie hätten den Deal mit Weber und Fürmann nur gemacht, weil sie überzeugt davon gewesen seien, die beiden wären nur Mitläufer und an den Anschlägen der anderen nicht beteiligt gewesen. Was jetzt natürlich leicht zu behaupten war, nachdem die anderen alle tot waren und die dafür verantwortlichen Kollegen längst in Pension oder verstorben. Und was für Weber und Fürmann überdies den Vorteil mit sich brachte, dass man sie wegen ihrer früheren Untaten kaum mehr zur Rechenschaft ziehen konnte.

Jedenfalls war es im Augenblick schwer abzuschätzen, wie sich der Fall Anna König weiter entwickeln würde, so Grubers Fazit. Weber und Fürmann beteuerten nach wie vor, die Frau nicht gesehen, geschweige denn getötet zu haben, Ohrring hin oder her. Nicht zu vergessen die Sache mit dem Wagen der König, die ihr Anwalt Klemm besonders hervorgehoben hatte. Was auch der

Grund dafür gewesen sein dürfte, dass nur Weber in Untersuchungshaft gekommen war, aber nicht die Fürmann, die aufgrund ihrer angeschlagenen Gesundheit vorläufig auf freiem Fuß blieb.

„Jedenfalls bin ich gespannt, wie es jetzt weitergeht“, sagte Bischoff. „Glaubst du, dass der Fall hier in Traunstein vor Gericht kommt?“

Gruber nickte. „Wäre naheliegend …“, erwiderte er geistesabwesend.

„Ist was?“

„Mir lässt das mit dem Wagen der König keine Ruhe. Wieso dieser Fehler? Das mit dem Ohrring kann ich ja noch verstehen, aber nicht …“

„Vielleicht haben sie einfach gedacht, sie ist von weiter her zu Fuß angerückt?“, unterbrach ihn Bischoff.

„Trotzdem …“

Bischoff wischte sich eine Haarsträhne aus der Stirn und nippte an ihrem Kaffee. Ihr Blick schweifte ab, hin zu einer Gruppe Männer mittleren Alters, die soeben den Biergarten betreten hatten und sich nach einem Tisch umsahen. Angestellte aus den umliegenden Banken und Behörden, wie Gruber schätzte. Einer der Männer, ein kantig wirkender, muskulöser Typ in dunklem Anzug, erwiderte Bischoffs Blick und deutete mit der linken Hand einen Gruß an. Bischoff schenkte ihm ein kaum wahrnehmbares Lächeln und wandte sich wieder Gruber zu.

„Ein Freund von dir?“, fragte Gruber.

„Wie bitte?“

„Der Typ eben, der dich gegrüßt hat…“

„Dir entgeht auch nichts, hm?“

Gruber musterte den Mann erneut, der sich mittlerweile mit seinen Begleitern ein paar Tische entfernt niedergelassen hatte. „Er sieht aus, als würde er viel Sport treiben. Habt ihr euch dabei kennen gelernt?“

„Ja, beim Skifahren auf der Winklmoosalm.“

„Was Ernstes?“

„Kann ich noch nicht sagen. Vielleicht …“

„Und was macht er beruflich?“

„Er ist selbständiger Anlageberater.“

Gruber nickte und richtete seine Aufmerksamkeit auf einen weiteren Biergartenbesucher, einen elegant gekleideten, forsch auftretenden Mann um die Mitte fünfzig mit einer Aktenmappe unter dem Arm, der sich ebenfalls kurz umsah und, nachdem er die Beamten entdeckt hatte, schnurstracks an ihren Tisch kam.

„Was will denn der hier?“, murrte Bischoff.

„Wenn das kein Zufall ist“, sagte Dr. Klemm und hielt Gruber die Hand hin.

Gruber erhob sich und schüttelte dem Anwalt

die Hand. Er hatte Klemm erst einmal kurz zu Gesicht bekommen, als der Anwalt zusammen mit Lamprecht in Dr. Werners Büro der Staatsanwältin seine Aufwartung gemacht hatte.

„Es gibt keine Zufälle“, erwiderte Gruber. „Es sei denn, man führt sie herbei.“

„Interessante Theorie.“

„Möchten Sie vielleicht Platz nehmen?“, fragte Gruber höflichkeitshalber.

Dr. Klemm schüttelte den Kopf. „Danke, aber ich bin hier mit einem Kollegen verabredet, meinem Statthalter hier in Traunstein sozusagen. Aber ich würde mich gerne einmal privat mit Ihnen unterhalten, ganz unabhängig von dieser Weber-König-Geschichte. Immerhin haben Sie in den vergangenen Jahren eine Reihe recht interessanter Fälle gelöst. Allein schon die Sache mit diesem Feuerwehrmann auf der Flucht. Da haben Sie's den bösen Buben aus der Großstadt aber ganz schön gezeigt.“

Gruber nickte nur, sekundenlang von schmerzlichen Erinnerungen geplagt. Gezeigt schon, dachte er, aber viel zu spät.

„Also, was halten Sie davon?“

„Warum nicht?“, erwiderte Gruber nach einem Blick zu Bischoff.

„Wunderbar. Dann rufe ich Sie in den nächsten

Tagen mal an. Und wer weiß, vielleicht klärt sich bis dahin ja alles auf."

„Dagegen hätte ich absolut nichts einzuwenden."

Der Anwalt nickte Bischoff zu und ging weiter.

Gruber setzte sich wieder und blickte seine Kollegin leicht verlegen an. „Tut mir leid, dass die immer nur auf mich zukommen."

„Kein Problem. Du bist eben der Platzhirsch und ich werde auf ewig die zugereiste, leicht frustrierte Kommissarin bleiben, der inzwischen klar geworden ist, dass es mit Kindern und Familie in diesem Leben wohl nichts mehr wird."

„Was?"

„Mach dir nichts draus." Bischoff tätschelte Grubers Hand. „Ist ja nicht deine Schuld. Oder höchstens ein bisschen. Aber sonst geht's mir blendend, glaub mir. Apropos, wie geht es dir mit deinem Leistenbruch?"

„Scheiße, das hätte ich jetzt beinahe vergessen." Gruber zog seinen Taschenkalender aus der Jackentasche und blätterte hastig ein paar Seiten durch. „Glück gehabt", sagte er. „Der Termin ist morgen früh um neun. Bei einem Professor Herzog."

„Und was geschieht da?"

„Na ja, er wird mich untersuchen und anschließend seine Diagnose stellen. Und dann werde ich mich wohl entscheiden müssen, ob und wann ich mich operieren lasse.“

„Hast du Angst?“

„Weiß nicht. Eigentlich nicht. Höchstens vor der Narkose.“

17

Der Herr Professor nahm sich Zeit für Gruber. Nachdem er den „Schaden“ begutachtet hatte, bat er Gruber, Platz zu nehmen und erläuterte ihm ausführlich, wie so ein Leistenbruch zustande kommt und welche Operationsmethoden zur Verfügung stünden. Er zeigte Gruber dazu ein paar Fotos und meinte abschließend: „Sie können sich auch im Internet darüber informieren, wenn Sie möchten, einfach TAPP-Methode eingeben und fertig.“

„Und wie sieht es mit Komplikationen aus?“

Der Arzt lächelte verhalten. „Nun, wie Ihr zuständiger Minister immer zu sagen pflegt: Absolute Sicherheit gibt es nicht und wird es auch nie geben. Aber ich kann Sie beruhigen“, dabei klopfte er auf die Schreibtischplatte, „bisher ist immer alles gut gegangen. Allerdings kann es sein, dass wir einen eventuellen Bruch auf der rechten Seite oder Verwachsungen im Bauchraum auch gleich mit operieren beziehungsweise entfernen.“

„Aha. Und wie lange dauert es, bis ich danach wieder einsatzfähig bin?“

„Nun ja, ein paar Wochen lang müssen Sie sich unbedingt schonen und auch danach sollten Sie die Dinge etwas langsamer angehen und Ihre Verbrecher vorzugsweise vom Schreibtisch aus jagen." Er lächelte erneut. „Abgesehen davon dürfen Sie im nächsten halben Jahr keinen Sport treiben, aber ich schätze, diese Vorsichtsmaßnahme dürfte Ihnen nicht allzu schwer fallen."

„Na schön, und wie geht's jetzt weiter?"

„Ganz einfach, wenn Sie die Sache nicht länger aufschieben möchten, lassen Sie sich gleich beim Zentralen Bettenmanagement einen Termin geben und an diesem Tag sehen wir uns wieder."

Der Arzt übergab Gruber noch einen sechsseitigen Aufklärungsbogen und verabschiedete sich von ihm. Gruber folgte den Schildern zum Büro des Zentralen Bettenmanagements, wo ihm ein Angestellter nach einem Blick auf seine Unterlagen erklärte: „Bis Mitte des Monats sind wir schon voll, aber so ab dem 20., ab Pfingstmontag, wäre es möglich."

„Dann nehmen wir gleich den Dienstag drauf", sagte Gruber.

„Alles klar."

Der Angestellte trug den Termin ein und schickte Gruber in ein Untersuchungszimmer nebenan, in dem eine medizinische Fachangestellte sich seiner annahm. Sie fragte Gruber, ob er sich wohlfühle, und als Gruber meinte, es ginge so, bat sie ihn, den Oberkörper freizumachen und sich auf die

Liege zu begeben. Sie fertigte ein EKG von ihm an und Gruber dachte schon, das wär's gewesen, als sie ihm auch noch Blut abnehmen wollte. Er ließ auch das über sich ergehen und hörte abschließend zu seiner Überraschung: „So, und jetzt müssen Sie noch zur Narkosevorbereitung."

„Wenn's sein muss", brummte er und ging ein paar Türen weiter, wo ihn ein bärtiger, recht zuvorkommender Arzt nach allen möglichen Erkrankungen, Allergien und sonstigen Unpässlichkeiten ausfragte und Grubers Antworten dazu notierte.

„Eine letzte Frage noch", sagte der Arzt endlich. „Möchten Sie ein Beruhigungsmittel vor der Operation?"

Gruber nickte. „Unbedingt. Und wenn's geht, die Höchstdosis davon."

18

Gruber war noch zuhause und putzte sich gerade die Zähne, als Ingrid ins Bad kam und ihm sein Handy hinhielt.

„Die Frau Werner“, sagte sie.

Gruber legte die Zahnbürste beiseite, trocknete sich ab und nahm das Mobiltelefon entgegen. „Guten Morgen, Frau Doktor. Was gibt es?“

„Tut mir leid, Sie so früh zu stören, aber es könnte wichtig sein.“

„Kein Problem. Ich höre …“

„Der Herr Doktor Klemm hat mich eben angerufen und mir mitgeteilt, dass diese Marlene Fürmann über Nacht verschwunden sei.“

„Einfach so?“

„Eben nicht. Er sagt, er habe jede Menge Hinweise darauf entdeckt, dass sie vermutlich gewaltsam entführt worden sei …“

„Zum Beispiel?“

„Zum Beispiel Blutspuren in der Küche und etliche zerbrochene Einrichtungsgegenstände.“

„Verstehe. Ist er alleine dort?“

„Ja, ich denke schon.“

„Na schön, ich bin in fünf Minuten unterwegs. Geben Sie der Bischoff Bescheid?“

„Natürlich.“

Gruber steckte das Handy in seine Hosentasche, spülte sich den Mund aus und ging nach einem letzten Blick in den Spiegel in den Flur hinaus, um sich fertig anzuziehen. „Jetzt ist auch noch diese Fürmann verschwunden, angeblich entführt“, erklärte er, während er das Holster mit der Heckler & Koch aus der Schublade nahm und die Waffe an seiner rechten Hüfte befestigte. „Langsam machen diese Typen mich noch wahnsinnig.“

„Weiß man denn schon, von wem?“

„Keine Ahnung …“

„Sei vorsichtig“, sagte Ingrid.

„Bin ich doch immer.“

Zehn Minuten später bog er in den Parkplatz der Polizeiinspektion ein, wo Bischoff bereits auf ihn wartete. Seine Kollegin stieg zu und sagte, noch bevor sie den Sicherheitsgurt angelegt hatte: „Die Kollegen vom LKA sind auch schon unterwegs. Scheint einen ganz schönen Schreck gekriegt zu haben, unser Superanwalt aus München.“

„Kann ich ihm nicht verdenken.“

„Und, was hältst du von der Geschichte?“

„Warten wir ab, bis wir alles gesehen haben, okay?“

Kurz nach neun bog er in die Zufahrt zu Webers Reiterhof ein, wo Dr. Klemm und Lamprecht vor der Haustür bereits auf sie warteten. Sie folgten den beiden wortlos in das Wohnzimmer, das durchaus den Eindruck machte, als habe hier eine gewalttätige Auseinandersetzung stattgefunden. Eine zerbrochene Tasse auf dem dreckverschmierten Parkettboden, ein umgeworfener Stuhl und ein schräg hängendes Bild zeugten davon.

„Wie sieht es in den anderen Räumen aus?", fragte Gruber.

„Da ist auf den ersten Blick alles so, wie es sein sollte", erklärte Lamprecht. „Aber ich denke, es reicht auch so, um von einer Entführung auszugehen."

„Wissen Sie schon, wie der oder die Täter ins Haus gekommen sind?", fragte Bischoff.

„Aufgebrochen wurde nichts, soweit es ersichtlich ist …"

„Was immer auch geschehen ist", sagte Dr. Klemm unvermutet, „ich fürchte, dafür bin ich verantwortlich."

„Wie das denn?" Gruber blickte den Mann erstaunt an.

„Na ja, Frau Fürmann und ich haben gestern Abend so gegen zehn miteinander telefoniert und da hat sie erwähnt, dass sie irgendwie das Gefühl habe, sie werde beobachtet. Ich habe natürlich angenommen", er machte eine Kopfbewegung zu Lamprecht, „dass die Herrschaften vom LKA dahinterstecken würden, und mir dummerweise nichts weiter dabei gedacht. Aber nachdem ich heute Morgen mehrmals versucht hatte, sie zu erreichen und sie sich nicht gemeldet hat, bin ich sofort hergefahren."

„Von München?"

„Nein, ich habe mich in Traunstein für ein paar Tage im Parkhotel einquartiert."

„Wir werden jedenfalls sofort mit der Suche beginnen", sagte Lamprecht. „Meine Leute sind schon auf dem Weg hierher."

Er hatte kaum ausgesprochen, als sich den Geräuschen nach mehrere Fahrzeuge dem Anwesen näherten. Mit Lamprecht voran gingen alle auf den Hof hinaus, wo eben ein dunkler BMW und zwei Streifenwagen zum Stehen gekommen waren. Lamprecht eilte auf die Beamten zu, um sie entsprechend einzuweisen.

„Mehr als die Sicherung der Spuren wird wohl nicht dabei herauskommen", sagte Dr. Klemm, sichtlich bedrückt. „Hätte nicht gedacht, dass ich einmal derart in einen Fall involviert werde …" Er wandte sich ab und holte sein Smartphone aus der Jackentasche.

„Ziemlich mysteriös", merkte Bischoff an, sowie Dr. Klemm um die Hausecke verschwunden war.

Gruber verzog das Gesicht. „So mysteriös nun

auch wieder nicht, würde ich sagen. Würde mich nicht wundern, wenn sie in ein paar Tagen oder auch Wochen wieder auftaucht und uns eine ähnlich haarsträubende Geschichte erzählt wie die Leute, die angeblich von Aliens entführt wurden."

„Du meinst, es ist ein Ablenkungsmanöver, um ihren Mann zu entlasten?"

„Naheliegend wäre es, findest du nicht?"

„Ich weiß nicht. Außerdem, in ihrem Zustand! Auf mich hat sie ganz schön angeschlagen gewirkt."

„Das bringt mich auf eine Idee. Komm ..." Gruber eilte zurück ins Haus, gefolgt von Bischoff. Er betrat das Badezimmer und öffnete das Apothekenschränkchen, das bis oben hin mit Medikamenten vollgepackt war.

Gruber nahm ein paar der Schachteln in die Hand und prüfte deren Beipackbeschreibungen.

„Nach was suchst du denn?", fragte Bischoff irritiert.

„Ich sehe nach, ob ihre Antibiotika noch da sind", erwiderte Gruber. „Sie muss doch hohe Dosen davon einnehmen, oder etwa nicht?"

„Ja ..."

„Davon scheint aber noch jede Menge da zu sein", sagte Gruber und versuchte, sich seine Enttäuschung nicht anmerken zu lassen. Im nächsten Augenblick rief ihnen Lamprecht vom Flur aus zu:

„Kommen Sie mal raus! Wir haben da etwas entdeckt.“

Gruber und Bischoff gingen wieder hinaus und begleiteten Lamprecht zur Rückseite des Gebäudes und ein paar Meter weiter in Richtung Wald, wo zwei Beamte in Uniform auf sie warteten. Einer der Männer deutete auf eine Stelle auf dem lehmigen Boden zwischen Hauswand und dem Strauchwerk, das den Hof an dieser Seite begrenzte.

„Zwei Personen“, erklärte Lamprecht dazu, „die vom Wald her hier durchgekommen sind.“

Gruber und Bischoff bückten sich und begutachteten die Abdrücke. Berg- oder Wanderschuhe, getragen von zwei Personen, die in puncto Größe und Körpergewicht wenig gemein hatten.

„Nun, was sagen Sie dazu?“, fragte Lamprecht.

„Einmal ein Schwergewicht mit Schuhgröße sechs-, wenn nicht siebenundvierzig“, erwiderte Gruber und richtete sich wieder auf. „Die zweite Person ist entweder ein sehr leichtgewichtiger Mann mit ungewöhnlich kleinen Füßen oder eine Frau.“

„Eine etwas seltsame Mischung, finden Sie nicht?“

„Kann schon sein … Also dann, noch viel Erfolg weiterhin.“

„Sie wollen uns schon verlassen?“

„Ich bin zu alt, um Pfadfinder zu spielen“, erwiderte Gruber. „Und wenn ich mich recht erinnere, wollten Sie den Fall ja unbedingt übernehmen. Also bitte, machen Sie was draus.“

Lamprecht nickte mit leicht zerknirschter Miene, sagte aber nichts.

Gruber drehte sich um und bedeutete Bischoff mit einer Handbewegung, sich ihm anzuschließen.

„Glaubst du jetzt immer noch, dass die Frau das Ganze selbst inszeniert hat beziehungsweise der Verfassungsschutz mit drinhängt, um seine Schützlinge zu entlasten?“, fragte Bischoff, während sie den Hof überquerten.

„Frag mich was Leichteres …“

„Und warum bleiben wir dann nicht hier und sehen zu, was die Spurensuche noch ergibt?“

„Hast du vergessen, wie die sich aufgeführt haben? Jetzt sollen sie die Suppe auch gefälligst selbst auslöffeln.“

„Das ist jetzt genauso kindisch wie deine Nummer mit dem Brief …“

„Na und, dann bin ich eben kindisch. Aber bitte, du kannst gerne hierbleiben und schauen, was bei der Suche noch herauskommt.“

„Manchmal bist du ein richtiger Sturschädel, das weißt du hoffentlich?“

Sie saßen schon im Wagen, als Lamprecht sie

einholte. Gruber öffnete die Wagentür und sagte: „Sie werden ja richtig anhänglich, Herr Kollege.“

Lamprecht rang sich ein Lächeln ab, die Hand auf die Wagentür gestützt.

„Beinahe hätte ich es vergessen“, sagte er. „Was ist nun eigentlich mit diesem Brief? Bekomme ich den nun endlich oder sind Sie noch immer darauf aus Wyatt Earp zu spielen?“

„Wyatt Earp war ein Spieler und Zuhälter. Und nebenbei ein Killer mit Polizeimarke …“

„Tatsächlich?“

Gruber nickte nur.

„Dann habe ich wohl keine Chance.“

„Sie sagen es.“ Nach diesen Worten schlug Gruber die Autotür zu und startete den Motor.

19

„Ich hätte nicht gedacht, dass es hier so ruhig ist", sagte Dr. Werner, sowie Bischoff den Motor abgestellt hatte, und blickte verwundert auf den verwaisten Reiterhof. Auch Bischoff war überrascht, wie leer und still der Hof wirkte, nach all dem Trubel, der noch vor zwei Tagen hier geherrscht hatte. Fast geisterhaft, wie ein verwunschener Ort. Dabei war sie sicher gewesen, dass sich nicht wenige Leute auf dem Gelände herumtreiben würden, neugierige Nachbarn, Pressemenschen, vielleicht sogar Tatort-Touristen von auswärts, die ihren Sonntagsausflug hierher verlegt hatten. Doch nichts von alledem.

Sie stiegen aus und gingen durch das offen stehende Tor auf den Hof.

„Ja, wirklich seltsam", sagte Bischoff.

„Na ja, offen gesagt, würde ich so einen Ort auch lieber meiden", sagte die Staatsanwältin auf halbem Weg zum Wohngebäude. „Muss für die Leute in der Umgebung doch ganz schön unheimlich sein, wenn mitten unter ihnen zwei Frauen spurlos verschwinden."

„Ja, stimmt ..."

An der Veranda vor dem Wohnhaus angekommen, blieben sie stehen und blickten erneut in die

Runde. Bischoff konnte keine Veränderung wahrnehmen, alles schien wie ausgestorben und glich der Idylle, die sie bei ihrem ersten Besuch mit Gruber hier vorgefunden hatte.

„Was ist eigentlich mit den Pferden passiert?“, fragte Dr. Werner.

„Um die kümmert sich ein Freund von Weber, soviel ich weiß.“

„Aha.“ Die Staatsanwältin deutete auf die zwei Korbstühle, die auf der Veranda links von der Haustür standen. „Setzen wir uns doch. Und dann erzählen Sie mir, was Sie bedrückt.“

„Ich mache mir einfach Sorgen“, sagte Bischoff, sowie sie Platz genommen hatten.

„Tun wir das nicht alle?“

„Ja, sicher. Aber … “ Bischoff zögerte kurz. Fragte sich plötzlich, ob es wirklich eine gute Idee gewesen war, die Staatsanwältin einzuladen, sie hierher zu begleiten, nur um sich indirekt über Gruber zu beschweren. Zumal sie immer noch total im Dunkeln tappten und es durchaus sein konnte, dass sie tatsächlich an der Nase herumgeführt wurden, wie Gruber behauptete. Aber was sollte sie machen? Es lag ihr einfach nicht, Sachen aufzuschieben und auf das Beste zu hoffen. Schon gar nicht, wenn zwei Menschenleben auf dem Spiel standen. Sie straffte sich und sagte: „Wie Sie wissen, sind Gruber und ich unterschiedlicher Meinung, was das Verschwinden der Fürmann betrifft …"

„Ja. Er glaubt, das Ganze sei nur eine Inszenierung, um ihren Mann zu entlasten."

„Genau. Er meint, die haben das mit ihrem Verteidiger, diesem Dr. Klemm, ausgeheckt. Die Frau setzt sich ab, angeblich entführt und umgebracht von den Leuten, die auch die König auf dem Gewissen haben, und schon wären die zwei aus dem Schneider und man müsste den Weber aus Mangel an Beweisen laufen lassen. Und wäre dies erstmal geschehen, würden sich die zwei irgendwo im Ausland wiedertreffen und sich ins Fäustchen lachen. Aber mir ist das irgendwie zu glatt, zu naheliegend. Ich habe in den letzten Tagen ein bisschen recherchiert …"

„Aha. Und in welche Richtung?"

„Ganz einfach, wer sonst noch ein Motiv haben könnte, auf die noch lebenden Mitglieder der König-Gruppe loszugehen. Zuerst dachte ich, es könnten vielleicht die Eltern von dem Jungen dahinterstecken, der bei dem letzten Bombenanschlag der König-Gruppe Ende '77 schwer verletzt wurde und ein Bein verlor. Immerhin haben die massiv gegen die vorzeitige Entlassung der König protestiert und wären finanziell auch in der Lage, so etwas in die Wege zu leiten."

„Aber …?“

„Aber dann bin ich auf etwas viel Interessanteres gestoßen. Nämlich auf einen Mann namens Eric Sander.“

„Sander?“, wiederholte Dr. Werner. „Sagt mir jetzt nichts.“

„Aber vielleicht Albert Sander? So hieß nämlich der Polizeibeamte, der im Februar ’78 bei einem Feuergefecht mit der König-Gruppe ums Leben kam. Der wiederum hatte einen Sohn, eben diesen Eric, geboren 1962, der ebenfalls Polizist wurde und zuletzt bei der Kripo in Dortmund war, bis man ihm vor knapp vier Jahren wegen schwerer Körperverletzung im Dienst nahegelegt hat, die Dienstwaffe an den Nagel zu hängen.“

„Das ist wirklich interessant, beweist aber noch gar nichts.“

„Schon möglich, aber der ehemalige Kollege von ihm, mit dem ich gesprochen habe, hat mir auch anvertraut, dass Sander ein ziemlicher Wirrkopf mit rechtsextremer Gesinnung sei, der schon während seiner Dienstzeit aufgefallen wäre, weil er Kontakte zum harten Kern der rechten Szene hatte. Und jetzt überlegen Sie mal weiter …“

Eine Weile herrschte angespanntes Schweigen.

„Eine schwerwiegende Anschuldigung, das wissen Sie hoffentlich?“, sagte Dr. Werner schließlich.

Bischoff nickte. „Genau deswegen wollte ich mit Ihnen sozusagen privat darüber sprechen."

„Weiß man denn, was dieser Sander jetzt macht?"

„Daran arbeite ich noch. Ich habe bisher nur herausgefunden, dass er in Dortmund gemeldet ist und dort auch eine Wohnung hat."

„Hat er keine Familie?"

„Er ist zweimal geschieden, keine Kinder. Die Mutter ist schon vor langer Zeit gestorben."

Die Staatsanwältin erhob sich und lehnte sich mit der Schulter gegen einen der Pfosten, auf denen das Verandadach ruhte. „Ihre schöne Theorie hat nur einen Haken", sagte sie nach einer weiteren Pause. „Ich meine, wenn dieser Sander tatsächlich auf die Idee gekommen sein sollte, mithilfe einiger Komplizen aus der rechtsradikalen Szene einen Rachefeldzug zu starten, wieso hat er dann bis jetzt damit gewartet? Die König wurde bereits vor einem halben Jahr entlassen. Außerdem: Woher wusste er, dass die König hierherkommen würde? Und wieso wartet er wieder eine ganze Woche, bis er zuschlägt? Hinzu kommt dieser Patzer mit ihrem Auto!"

Bischoff nickte. „Ja, ich weiß, das spricht alles dagegen. Aber ich würde trotzdem gerne weiter dranbleiben."

„Natürlich. Und wenn Sie meine Unterstützung

brauchen …" Die Staatsanwältin deutete in Richtung von Bischoffs Wagen. „Aber jetzt kommen Sie, verlassen wir diesen ungastlichen Ort und trinken irgendwo am See einen Kaffee. Kennen Sie den Malerwinkel?"

„Nein."

„Dann wird's aber Zeit. Ist einer der schönsten Orte am Chiemsee."

Bischoff stand auf, blickte sich ein letztes Mal um, und ging neben Dr. Werner zu ihrem Roadster zurück.

„Aber ansonsten kommen Sie mit dem Gruber inzwischen gut zurecht, oder?", fragte die Staatsanwältin.

„Na ja, die ersten paar Jahre war er schon ziemlich dominant und hat mich mehr als seine Assistentin betrachtet. Aber jetzt läuft's eigentlich ganz gut."

„Und, haben Sie es jemals bereut, Polizistin geworden zu sein? Ihr Vater und ihre zwei Brüder sind Rechtsanwälte, soviel ich weiß. Und Sie haben doch auch studiert."

„Stimmt. Aber nach dem vierten Semester dachte ich: Wozu braucht die Welt einen Anwalt mehr?"

„Einfach so?"

„Ich weiß nicht. Aber ich hatte damals einen Freund, der Segler war. Hochsee-Segler, um genau zu sein. Der hat mal zu mir gesagt: Auf dem Meer macht man entweder das Richtige oder das Falsche. Dazwischen gibt es nichts. Und das wollte ich, glaube ich: etwas Eindeutiges, mit festen Regeln, was richtig und was falsch ist."

„Und, hat die Realität dieser Theorie standgehalten?"

Bischoff zuckte mit den Schultern. „Auf die Natur kann man sich vielleicht noch einstellen, aber auf die Menschen? Ich meine, wer hätte gedacht, dass die Leute hier auf dem Hof früher mal gebombt und auf Polizisten geschossen haben?"

20

„Er hat es tatsächlich geschafft", verkündete Bischoff, als Gruber, der sich den Montag freigenommen hatte, am Dienstag kurz nach neun das Büro betrat.

„Wer hat was geschafft?"

„Unser Freund Dr. Klemm. Er hat den Weber freibekommen, die Untersuchungshaft wurde fürs Erste aufgehoben, hat mir die Werner gerade mitgeteilt."

„War irgendwie zu erwarten, oder?", brummte Gruber und setzte sich an seinen Schreibtisch.

„Schon, aber …"

Ein Klopfen an der Tür unterbrach Bischoff. Dr. Werner betrat das Büro und blickte abwechselnd zu Gruber und Bischoff.

„Nun, was sagen Sie dazu?", fragte sie Gruber.

„Nur logisch, bei dieser Entwicklung", erwiderte Gruber kurz angebunden.

„Und wissen Sie auch, wo er sich jetzt aufhält?", fragte Bischoff die Staatsanwältin. „Ich meine, auch wenn er vorläufig wieder frei ist, muss er doch irgendwie in Reichweite bleiben beziehungsweise bestimmte Auflagen erfüllen."

„Darüber wollte ich Sie gerade aufklären: Er ist auf eigenen Wunsch zurück auf seinen Reiterhof, wo er angeblich solange bleiben möchte, bis sich alles aufgeklärt hat."

„Ach ja?" Gruber verzog das Gesicht. „Hat er denn keine Angst, dass ihm das gleiche Schicksal wie seiner Frau blühen könnte?"

„Offensichtlich nicht. Oder falls doch, meint er vielleicht, damit umgehen zu können. Allerdings hat sein Anwalt, wie ich soeben vom Kollegen Lamprecht erfahren habe, eine Münchner Sicherheitsfirma damit beauftragt, ihn rund um die Uhr zu schützen."

„Sehr clever, muss ich schon sagen. Und wer bezahlt das alles, seine Freunde vom Verfassungsschutz?"

„Darüber bin ich nicht informiert."

„Und jetzt will er da warten, bis wir seine Frau gefunden haben oder die Entführer Kontakt mit ihm aufnehmen, oder wie?", fragte Bischoff die Staatsanwältin.

„Schon möglich."

„Und die Kollegen vom LKA, wie weit engagieren die sich noch?", wollte Gruber wissen.

„Ich nehme an, überhaupt nicht, wenn ich Lamprecht richtig verstanden habe", erwiderte Dr. Werner. „Die haben den Fall inzwischen wohl ziemlich satt und würden vermutlich nichts lieber tun, als ihn uns wieder zuzuschieben … Also, bis später."

„Und, was meinst du?“, fragte Bischoff, sowie die Staatsanwältin das Büro verlassen hatte.

Gruber zuckte mit den Schultern. „Du kennst meine Meinung. Die halten uns zum Narren, nichts weiter.“

„Aber nur mal angenommen, es ist kein abgekartetes Spiel. Dann ist das ganz schön mutig von ihm, finde ich, sich da so zu präsentieren. Und dann sollten wir uns auch nicht raushalten, sondern etwas unternehmen.“

„Wenn er wirklich keine Ahnung hat, was mit der König und seiner Frau passiert ist, und er geht trotzdem auf seinen Hof zurück, finde ich das nicht mutig, sondern höchstgradig verrückt. Und Verrückten kann man nicht helfen.“

Bischoff stand auf, schenkte sich eine Tasse Kaffee ein und lehnte sich damit gegen die Fensterbank. Sie trank einen Schluck und musterte Gruber mit dem leicht entnervten Blick einer Lehrerin, die einen unbelehrbaren Schüler vor sich hat. Nach einer Weile sagte sie: „Mal angenommen, deine Frau würde spurlos aus eurem Haus verschwinden, dem Anschein nach Opfer eines Gewaltverbrechens. Was würdest du machen, nachdem alles untersucht wurde? Das Haus nie wieder betreten?“

„Ich habe auch keine Leichen im Keller …“

„Das ist keine Antwort.“

Gruber rieb sich das Kinn und überlegte widerwillig. Dabei fiel ihm ein Film ein, von dem ihm sein Freund Schott einmal ganz begeistert erzählt hatte. Irgendetwas mit „Spurlos“, in dem ein junger Mann, wenn er sich recht erinnerte, sich freiwillig dem Entführer seiner Freundin ausliefert, um herauszufinden, was mit ihr passiert ist. Er sagte: „Ich weiß es nicht. Ich weiß nur, dass ich nie wieder darin wohnen würde. Wahrscheinlich würde ich es verkaufen. Vielleicht sogar anzünden.“

„Echt?“

„Der Vergleich ist trotzdem abwegig.“

„Also machen wir nichts?“

„Warten wir erstmal ab, okay?“

„Ja, klar, warten wir erst mal ab“, wiederholte Bischoff sarkastisch. „Warten wir einfach in aller Ruhe ab, wer als Nächstes verschwindet.“ Sie stellte ihre Kaffeetasse auf die Anrichte zurück und ging sichtlich verärgert hinaus.

21

Gruber war eben dabei, mit „Kink Kontroversy" mal wieder die Platte einer Band aufzulegen, die er vor ewigen Zeiten live erlebt hatte, als in der Küche das Telefon klingelte. Der Festnetzapparat. Er überlegte kurz, ob er warten sollte, bis sich der Anrufbeantworter eingeschaltet hatte, ging dann aber doch ran.

Es war Dr. Klemm.

„Ist schon wieder jemand verschwunden oder was sonst verschafft mir die Ehre Ihres Anrufs?", fragte Gruber.

„Keine Sorge, noch sind wir alle da", erwiderte Dr. Klemm. „Und genau aus diesem Grund rufe ich an: Hätten Sie nicht vielleicht Lust, Herrn Weber und mir bei einem Glas Wein Gesellschaft zu leisten? Wie ich Ihnen bereits in diesem Biergarten gesagt habe, hat es mich doch schwer beeindruckt, was Sie in den letzten Jahren so alles an Fällen gelöst haben, vor allem die Geschichte mit diesem Feuerwehrmann auf der Flucht und den zwei Gangstertypen, die Ihnen dabei in die Quere gekommen sind. Da haben Sie ja ganz schön zugelangt."

Gruber hätte beinahe aufgelacht. Was für ein Ansinnen! „Und darüber wollen Sie jetzt mit mir plaudern, in Anwesenheit eines weiteren Gangsters?“, fragte er belustigt.

„Ich bitte Sie, jetzt übertreiben Sie mal nicht. Herr Weber war vielleicht mal in gewisse staatsfeindliche Aktivitäten verwickelt, aber auch für ihn gilt zunächst einmal die Unschuldsvermutung. Abgesehen davon bin ich persönlich überzeugt davon, dass er weder mit dem Verschwinden der Frau König noch mit der Entführung seiner Frau etwas zu schaffen hat.“

„Tatsächlich?“

„Ja, absolut.“

„Interessant. Ich dachte immer, Anwälte halten sich aus der Frage, ob ihr Mandant schuldig oder nicht schuldig ist, möglichst heraus?“

„Sicher, für gewöhnlich ja. Aber das heißt ja nicht, dass wir uns keine Meinung dazu bilden. Und wie gesagt, in diesem speziellen Fall …“

Aber was spricht eigentlich dagegen, dachte Gruber. Warum nicht mal einen gemütlichen Abend mit einem Ex-Terroristen und mutmaßlichen Mörder und dessen Anwalt verbringen? Zumal Ingrid nicht vor elf von ihrem Treffen mit einer alten Freundin nach Hause kommen würde, und ein Gespräch mit Weber in zwangloser Atmosphäre durchaus neue Aspekte ergeben könnte. Vielleicht entschlüpfte dem Kerl dabei irgendeine verräterische Bemerkung, nun, wo er sich aus dem Schneider wähnte.

„Na schön, wieso eigentlich nicht?", erwiderte er. „Aber passen Sie auf, dass mich Ihre Wachhunde nicht versehentlich aufs Korn nehmen, wenn ich aufkreuze."

„Keine Sorge, Herr Kommissar. Bis später ..."

Gruber schob die Kinks zurück ins Regal und überlegte kurz, ob er Ingrid telefonisch Bescheid geben oder ihr eine Nachricht hinterlassen sollte. Er entschied sich für Letzteres und legte den Zettel auf den Küchentisch. Schon an der Haustür, machte er nochmals kehrt und steckte die Heckler & Koch ein, für alle Fälle. Doch auf halbem Weg, kurz nach dem Kreisverkehr bei Chieming, verspürte er unvermutet ein heftiges Ziehen in der linken Leistengegend. Er ignorierte den Schmerz zunächst und sagte sich, das wird schon wieder. Vielleicht nur eine Reizung, die von selbst wieder verschwinden würde. Aber es trat keine Besserung ein und etwa einen Kilometer vor der Einfahrt ins Tal wurde es so unangenehm, dass er mit dem Gedanken spielte, umzukehren und eventuell sogar bei der Ambulanz im Traunsteiner Krankenhaus vorbeizuschauen, um sich untersuchen zu lassen. Denn wie hatte der Professor gleich gesagt: Wenn der Bruch eingeklemmt ist beziehungsweise sich nicht mehr zurückdrücken lässt, wird es kritisch, dann sind Sie ein Fall für die Notaufnahme. Aber erst mal wollte er sehen, ob es beim Gehen auch so schlimm wäre. Und er war schon dabei, nach einer Stelle in der Wiese nebenan zu suchen, wo er parken könnte, als das erste Gebäude der kleinen Ortschaft in Sicht kam. Das Haus von diesem Niedermeier, wie Gruber erkannte. Er bog dort in die Zufahrt ein, stellte den Motor ab und kroch aus dem Wagen. Und tatsächlich, ein paar Schritte nur, und der Schmerz klang ab.

Scheiß Autofahrerei, dachte Gruber.

Im nächsten Moment wurde die Lampe über der Haustür eingeschaltet und Niedermeier erschien in der Tür, wobei er schnell etwas in der Ecke neben der Tür abstellte, ehe er sich ganz zeigte.

„Aaah, Sie sind's, Herr Kommissar!", rief er.

„Ja. Tut mir leid, wenn ich Sie gestört habe, aber …" Gruber zögerte, den wahren Grund für seinen Zwischenstopp anzugeben, „aber ich habe einen Anruf erhalten und wollte nicht fahren und gleichzeitig telefonieren. Hätte ich mir aber sparen können, kaum war ich hier, war die Verbindung weg."

Niedermeier nickte nur, machte eine Kopfbewegung in Richtung Reiterhof. „Ich schätze, Sie sind mal wieder zu diesem Terroristen-Typ unterwegs."

„Ja, leider. Da hat sich etwas ergeben, das schnell geklärt werden müsste."

„Ist vielleicht seine Frau irgendwo aufgetaucht?"

„Nein, das nicht gerade …"

Niedermeier zog die Haustür halb hinter sich zu und kam ein paar Schritte auf Gruber zu. „Wenn Sie mich fragen, habe ich schon immer geahnt, dass mit denen was nicht stimmt."

„Ach so?"

„Na klar. Die haben einfach nicht hierher gepasst, auch wenn sie so getan haben, als wäre das Landleben das Höchste für sie."

„Und was hält Sie hier, wenn ich fragen darf? Muss doch auf Dauer ziemlich einsam sein, wenn man so alleine lebt."

„Ah was, ich kann mich schon beschäftigen …" Niedermeier lächelte schief. „Ich meine, ich habe meinen Garten, das Haus, mache meine Spaziergänge, langweilig wird mir nie."

Gruber nickte. „Apropos Spaziergänge. Würde es Ihnen etwas ausmachen, wenn ich meinen Wagen hier stehen lasse? Ein kleiner Spaziergang würde mir jetzt selbst ganz gut tun, denke ich."

„Natürlich, Herr Kommissar, wie Sie möchten."

„Na dann, danke und gute Nacht."

Gruber holte seinen Mantel aus dem Wagen und marschierte los. Der Schmerz in seiner Leistengegend war nun völlig verschwunden und er fragte sich, was Niedermeier wohl hinter der Tür deponiert hatte. Eine Axt oder einen Baseballschläger? Oder vielleicht sogar ein Gewehr?

22

„Da sind Sie ja. Wir haben schon befürchtet, Sie hätten es sich anders überlegt“, sagte Dr. Klemm und hielt Gruber die Hand hin. Gruber ergriff sie und folgte dem Anwalt ins Wohnzimmer, in dem Weber in einem Sessel neben einer Stehlampe saß und Gruber mit einer müden Handbewegung begrüßte. Fahl im Gesicht und mit tiefen Ringen unter den Augen erweckte er fast Grubers Mitgefühl.

„Wo haben Sie denn Ihren Wagen abgestellt?“, fragte Dr. Klemm und deutete auf das Sofa.

Gruber setzte sich und sagte: „Der steht vorne in der Ortschaft, beim Haus von diesem Herrn Niedermeier. Wollte noch ein bisschen frische Luft schnappen.“ Er blickte sich um. „Wo sind denn Ihre Wachleute?“

„Der eine ist normalerweise hier im Haus“, erwiderte Dr. Klemm, während er aus der Küche ein Glas holte, die Flasche Rotwein vom Tisch nahm und Gruber einschenkte, „und der andere irgendwo oben im Wald, wo er den Hof überblicken kann.“

„Normalerweise?“

Der Anwalt nahm im zweiten Sessel Platz. „Ich habe ihn vorübergehend ebenfalls nach draußen geschickt, damit es hier drin nicht zu eng wird.“

„Verstehe ...“

„Also …“ Dr. Klemm hob sein Glas und lächelte Gruber mit leicht übertriebener Fröhlichkeit zu. „Bin gespannt, was Sie uns alles zu erzählen haben.“

Gruber trank einen Schluck. Der Wein schmeckte ihm und er fragte sich unwillkürlich, ob er einen Kommentar dazu abgeben sollte.

„Haben Sie auch gesprochen mit ihm?“, unterbrach Weber seine Überlegung.

„Gesprochen? Mit wem?“, fragte Gruber zurück.

„Mit dem Niedermeier natürlich …“

Gruber nickte. „Ein paar Worte, ja. Wieso?“

„Weil er seit dieser Geschichte mit der Anna nichts unversucht gelassen hat, um mich und meine verschwundene Frau schlechtzumachen, der arme Irre.“

„Wie bitte?“

„Hat er Ihnen nichts davon erzählt? Er ist hier auf dem Hof aufgewachsen, das Anwesen hat seiner Familie gehört, bis sein Vater es Anfang der neunziger Jahre verkauft hat. Oder besser gesagt: verkaufen musste.“

„Das ist mir jetzt neu“, erwiderte Gruber. „Aber wieso Irrer?“

Weber lächelte dünn. „Weil er meint, dass sein Vater damals beschissen wurde und er deswegen noch ein Anrecht auf das Haus hätte, oder zumindest ein Wohnrecht. Er ist nach dem Verkauf zwar nach München gezogen und hat dort in einer Brauerei gearbeitet, aber nachdem er nach einem schweren Unfall in Rente geschickt wurde, stand er plötzlich vor der Tür und wollte, dass wir ihm eins der Nebengebäude überlassen, wo er sich häuslich einrichten wollte."

„Aha ... Was Sie natürlich abgelehnt haben, nehme ich an?"

„Logisch. Aber er ist immer wieder hier aufgetaucht und hat sich dabei mit der Besitzerin von dem Haus da vorne angefreundet. Und als die vor drei Jahren verstarb und die Erben sich nicht auf einen Verkauf einigen konnten, hat er sich da eingenistet ..."

„Und wirft jetzt mit Steinen nach Ihnen, wenn Sie bei ihm vorbeifahren, oder wie?", fragte Gruber scherzhaft.

Weber beugte sich vor und trank einen Schluck Wein. „Schlimmer", sagte er dann. „Seitdem treibt er sich bei jeder Gelegenheit um den Hof herum und sitzt manchmal stundenlang oben im Gebüsch und beobachtet, was hier unten vor sich geht. Ich habe schon zweimal einen Rechtsanwalt einschalten müssen, um ihm seine Grenzen klarzumachen."

„Das klingt ja richtig beunruhigend ..."

„Sie sagen es. Meine Frau …“ Er stockte kurz. „Meine Frau hat deswegen sogar schon überlegt, wieder wegzuziehen.“

„Das ist auch der Grund, weswegen ich nie aufs Land ziehen werde“, sagte Dr. Klemm. „Es gibt immer einen Nachbarn, der einem auf die Nerven geht. Von der Frage, was man abends unternehmen kann, ganz abgesehen.“

„Ich fühle mich ganz wohl da, wo ich wohne“, sagte Gruber, der sich plötzlich verpflichtet fühlte, das Landleben zu verteidigen. „Und mit seinen Nachbarn muss man überall auskommen.“

„Na ja, Traunstein ist ja vielleicht ganz erträglich. Auch wenn ich den Eindruck habe, dass sich die Leute dort etwas langsam bewegen.“

„Ach ja? Verglichen womit? Mit New York?“

Der Anwalt lächelte nur und griff in die Schale mit Salzgebäck auf dem Tisch. Gruber trank einen zweiten Schluck Wein und blickte zu Weber.

„Eines würde mich wirklich interessieren“, sagte er, „wieso haben Sie sich eigentlich ausgerechnet hier niedergelassen?“

„Sie werden es kaum glauben, aber das verdanken wir Anna. Die hat uns ein paar Mal derart von dieser Gegend vorgeschwärmt, nicht konkret von diesem Tal hier, aber generell vom Chiemgau und so, dass wir nach unserer Rückkehr aus Mexiko auf die Idee gekommen sind, hier neu anzufangen. Also sind wir ein paar Wochen lang herumgefahren, dabei zufällig in dieses Tal gekommen und haben erfahren, dass der Vormieter gerade einen Herzinfarkt hatte und wohl kaum mehr zurückkommen würde. Unsere Freunde vom Verfassungsschutz waren zwar nicht begeistert davon, die wollten uns irgendwo hinschicken, wo es billiger gewesen wäre, etwas für uns zu mieten, an der Grenze zu Polen etwa, aber wir haben uns durchgesetzt."

„Sehr großzügig von den Kollegen vom Verfassungsschutz, muss ich schon sagen …"

Weber zuckte mit den Schultern und schwieg.

„Immerhin haben die beiden dazu beigetragen, dass vier Terroristen aus dem Verkehr gezogen wurden", merkte Dr. Klemm an, bevor die Stille peinlich wurde. „Und wenn man überlegt, für welchen Unsinn sonst Geld ausgegeben wird. Denken Sie nur an diesen Wahnsinn namens Eurozone."

Gruber sagte nichts dazu.

„Ich weiß, dass Sie uns verachten", sagte Weber unvermutet zu Gruber. „Dass Sie uns für Verräter halten, die nur ihre eigene Haut retten und dabei möglichst billig davonkommen wollten. Aber das war nicht der Grund. Der Grund war die simple Erkenntnis, dass die Schlacht verloren war. Und was bleibt Ihnen in so einem Fall noch übrig? Dann bleibt Ihnen bestenfalls die Wahl zwischen einem geordneten und einem ungeordneten Rückzug. Wir haben uns für den geordneten entschieden."

„Und den Preis dafür haben Ihre Freunde bezahlt, die Sie ans Messer geliefert haben?"

Weber und Dr. Klemm wechselten einen Blick.

„Das klingt ja fast so, als würden Sie den Schritt der beiden verurteilen, Herr Kommissar! Etwas verwunderlich für einen Polizeibeamten, finde ich ..."

„So?"

„Schon gut, Herr Doktor." Weber wandte sich wieder Gruber zu: „Da kann ich Sie beruhigen: Wir waren nicht befreundet. Wir hatten ein gemeinsames Ziel und haben uns als Kampfgenossen verstanden, mehr nicht." Er lächelte müde. „Unter solchen Umständen bleibt nun mal kein Raum für falsch verstandene Sentimentalitäten."

„Wenn Sie es sagen ..."

„Frieden zu schließen ist eben immer schwieriger als mit dem Schießen zu beginnen", sagte Dr. Klemm.

Ein Klopfen an der Haustür schreckte sie auf.

„Entschuldigung", sagte Dr. Klemm, erhob sich und ging in den Flur hinaus.

„Sie glauben noch immer, wir haben das selbst inszeniert, oder?", fragte Weber.

„Ich weiß nicht", erwiderte Gruber. „Ich weiß

nicht einmal, was mir lieber wäre. Aber wenn nicht, möchte ich jetzt nicht in Ihrer Haut stecken. Oder glauben Sie etwa im Ernst, ein paar vermutlich schlecht bezahlte und ebenso schlecht ausgebildete Wachleute könnten Sie beschützen, wenn es hart auf hart kommt?"

„Was würden Sie denn machen, in so einem Fall? Wenn Ihrer Frau so etwas zustoßen würde?"

Gute Frage! Bevor Gruber eine Antwort einfiel, kam der Anwalt zurück, gefolgt von einem drahtigen, etwa dreißigjährigen Mann, bewaffnet mit einer an der Hüfte befestigten Pistole und einem Sprechfunkgerät in der rechten Hand. Beide Männer blickten besorgt drein.

„Ist was passiert?", fragte Weber und stand ebenfalls auf.

„Sein Kollege meldet sich nicht", erklärte Dr. Klemm.

„Was heißt das, er meldet sich nicht?"

„Dass ich versucht habe, mit ihm Kontakt aufzunehmen", erwiderte der Wachmann leicht gereizt. „Aber nichts. Keine Reaktion!"

Nun war auch Gruber auf den Beinen. Alle Blicke auf ihn gerichtet, fragte er:

„Ist so etwas schon mal vorgekommen?"

„Eben nicht", erwiderte der Wachmann.

„Dann würde ich vorschlagen, wir bleiben erst

mal alle hier im Haus und warten, bis meine Kollegen eintreffen."

„Und *mein* Kollege?", wandte der Wachmann ein. „Sollen wir den vielleicht im Stich lassen?"

„Natürlich nicht. Aber Sie helfen ihm auch nicht, wenn Sie jetzt da alleine hinausrennen …"

„Das werden wir ja sehen." Der Wachmann machte auf dem Absatz kehrt und stampfte in den Flur hinaus. Gruber drängte sich an Dr. Klemm vorbei und folgte ihm. An der Haustür angekommen, packte Gruber den Wachmann am Arm und stieß ihn gegen die Wand.

„Jetzt hören Sie mal zu", sagte er. „Ich verstehe ja Ihre Sorge. Aber wer immer da draußen ist, wird vor nichts zurückschrecken. Jedenfalls sollten wir davon ausgehen. Seien Sie vernünftig und bleiben Sie hier. Wir haben nur eine Chance, wenn wir zusammenbleiben. In spätestens zehn Minuten ist der erste Streifenwagen da und dann wird alles getan, um Ihren Kollegen zu retten."

Der Wachmann nickte und Gruber dachte schon, er hätte den Mann überzeugt, da stieß ihn der Wachmann beiseite und riss die Haustür auf. Gruber straffte sich, zog seine Pistole und folgte dem Mann bis zur Türschwelle.

23

Gruber bekam noch mit, wie sich links von ihm eine untersetzte, dunkel gekleidete Gestalt von der Hauswand löste und dem Wachmann in den Rücken fiel, dann traf es auch ihn. Von rechts fiel ein Schatten auf ihn und versetzte ihm mit einem Gewehrlauf einen derart heftigen Schlag auf die Hand, in der er die Pistole hielt, dass die Waffe augenblicklich seinen Fingern entglitt und auf dem Verandaboden landete. Er wich zurück und versuchte noch, mit der Linken nach der Haustür zu greifen, um sie als Schutzschild zu benutzen, doch zu spät. Da bohrte sich schon die Mündung einer Pump-Gun in seinen Hals, einhändig gehalten von einer auffällig großen, ebenfalls dunkel gekleideten Gestalt mit geschwärztem Gesicht unter der tief in die Stirn gezogenen Wollmütze. Gruber würgte und trat einen weiteren Schritt zurück, gegen die plötzliche Schwäche in seinen Knien ankämpfend. Er öffnete den Mund, um etwas zu sagen, aber sofort verstärkte sich der Druck an seiner Kehle und alles, was er wagte, war ein kurzer Blick vors Haus hinaus. Ein Blick, der ihm verriet, dass von dem Wachmann keine Hilfe mehr zu erwarten war. Der Mann lag reglos auf den Stufen der Veranda, während sein Angreifer sich gerade wieder aufrichtete, nun in jeder Hand eine Pistole.

Im nächsten Augenblick kam Weber mit einem Aufschrei aus dem Wohnzimmer gestürzt, mit wildem Blick und einen Holzstuhl in den Händen. Der Mann mit der Pump-Gun machte eine Drehung zu Weber, seine Waffe weiter auf Gruber gerichtet. Verzog aber nur den Mund, als Weber mit den Stuhlbeinen nach ihm stieß. Aber da stand auch schon der andere im Hauseingang und lenkte Webers Aufmerksamkeit auf sich. Ein bulliger, mittelgroßer Mann von Mitte fünfzig mit groben Gesichtszügen, angetan mit schwarzen Jeans, schwarzem Parka und einem olivfarbenen Käppi auf dem wuchtigen Schädel. Weber hielt inne, den Stuhl gesenkt, und starrte schwer atmend und mit rot angelaufenem Gesicht auf die zwei Pistolen, die nun auf seine Brust gerichtet waren. Sekundenlang tat sich nichts, und Gruber war dankbar für jede Sekunde, die Dr. Klemm blieb, um Hilfe herbeizutelefonieren. Bis Weber den Stuhl fallen ließ, die Hände ausbreitete und mit einem resignierten Lächeln sagte: „Jetzt mach schon, du Scheißkerl, oder wie lange soll ich noch hier herumstehen?"

„Willst du gar nicht wissen, was mit deiner Frau passiert ist?"

„Was schon? Sie ist tot, oder?"

„Allerdings."

„Also, auf was wartest du noch?"

Aus dem Wohnzimmer erklang eine Art Scheppern, gefolgt von einem Geräusch, das sich anhörte, als sei etwas umgefallen.

„Ich glaub, da will einer abhauen", sagte der Typ mit der Pump-Gun.

Der andere hob wie beiläufig die rechte Hand, schoss Weber beim Vorbeigehen zweimal ins Gesicht und verschwand im Wohnzimmer, ohne weiter auf sein Opfer zu achten. Weber taumelte einen Schritt rückwärts, fiel auf die Knie und kippte mit erschlafften Gliedmaßen seitlich zu Boden. Gruber schluckte schwer. Auch wenn es nicht das erste Mal war, dass jemand vor seinen Augen ermordet wurde, so war er doch entsetzt über die eisige Gemütskälte, mit der es geschehen war. Zumal er absolut keine Ahnung hatte, was hier eigentlich gespielt wurde.

Er wollte erneut etwas sagen, als er in der Haustür eine dritte, wesentlich kleinere, fast schon zierliche Gestalt erblickte. Ebenfalls dunkel gekleidet und mit einer Wollmütze auf dem Kopf.

Eine Frau, erkannte Gruber.

„Los, auf die Knie", sagte der Mann mit der Pump-Gun zu ihm.

Gruber schüttelte unwillkürlich den Kopf.

„Wie du willst …“ Der Mann trat einen Schritt zurück und versetzte Gruber mit dem Gewehrkolben fast beiläufig einen Schlag in den Bauch. Gruber sackte zusammen und übergab sich, auf Hände und Knie gestützt. Er hörte noch, wie der Mann sagte: „Wenn er versucht abzuhauen, schieß ihm eine Kugel in den Kopf“, bevor ihm erneut schlecht wurde und er den letzten Rest Wein auf die Fliesen spuckte. Als er mit tränenden Augen aufblickte, war der Mann mit der Pump-Gun verschwunden. Statt seiner hatte sich die Frau breitbeinig vor ihm aufgestellt, nun eine kleinkalibrige Pistole in der rechten Hand, die Mündung auf Grubers Nase gerichtet. Gruber wischte sich mit dem Ärmel den Mund ab und versuchte, dem Geschehen einen Sinn abzugewinnen.

Terroristen, war sein erster Gedanke. Irgendwelche Terroristen, die sich an Weber und Fürmann für deren Verrat gerächt hatten. Aber woher kamen die? Die RAF war doch längst Geschichte, oder nicht? Vielleicht aus dem Ausland, Komplizen von damals, für die der Krieg weitergegangen war. Aber nach so vielen Jahren …

„Los, leg dich auf den Boden“, herrschte ihn die Frau an, die Stimme hoch und heiser.

Gruber zögerte kurz. Verwarf den Gedanken an Gegenwehr aber wieder. Aber zumindest eine Frage war damit beantwortet: Er hatte es mit Deutschen zu tun und nicht mit einem arabischen Killerkommando. Unwillkürlich keimte etwas Hoffnung in ihm auf. Er legte sich bäuchlings auf den Boden, das Kinn auf die verschränkten Hände gestützt, und horchte auf die Geräusche, die nun aus dem Wohnzimmer in den Flur drangen: Gläser klirrten, gefolgt von einem unterdrückten Schrei.

„Aufhören!", rief Dr. Klemm. „So hören Sie doch auf damit!"

Einen Moment lang herrschte Ruhe.

Dann ein Laut, der nach einer heftigen Ohrfeige klang.

„Na, Herr Anwalt", sagte gleich darauf der Mittfünfziger mit beinahe lockerem Unterton. „Jetzt wünschen Sie sich wohl, Sie wären ganz woanders, was?"

„Ich habe Ihnen nichts getan. Ich bin nur zufällig hier", erwiderte Dr. Klemm mit kaum vernehmbarer Stimme.

„So zufällig wie der Bulle da draußen, hm?"

„Ja ..."

„Tja, was für ein Pech."

„Hören Sie, ich weiß nicht, wer Sie sind. Oder warum Sie das hier machen. Aber wenn Sie mich töten, hat das andere Konsequenzen als ... als das, was Sie mit diesen Terroristen angestellt haben. Bei mir wird man nicht eher Ruhe geben, bis man Sie gefasst hat, das kann ich Ihnen versichern. Man wird Sie jagen wie ein tollwütiges Tier. Und man wird Sie kriegen, das schwöre ich Ihnen."

„Tja, das muss ich dann wohl in Kauf nehmen."

„Aber wieso denn? Ich habe mit diesen Leuten doch nichts gemein, ich mache doch nur meinen Job hier, mehr nicht."

„Indem Sie mit diesen Schweinen Wein trinken und kluge Reden schwingen, oder was?"

„Nein, nein. Das war ein Arbeitsgespräch, nichts weiter …"

„Überzeugt mich nicht, Herr Anwalt."

„Was wollen Sie denn noch hören? Dass es mir leid tut, dass ich seine Verteidigung übernommen habe? Dass ich ein geltungssüchtiges Arschloch bin, dem die Opfer dieser sogenannten Schweine egal sind?"

„Sonst noch was?"

„Nein, bitte." Die Stimme des Anwalts überschlug sich. „Tun Sie es nicht, bitte. Ich kann Ihnen Geld geben. Viel Geld. Und das werden Sie brauchen, wenn Sie hier weg sind."

„Ach so …?"

„Ja doch. Ich meine, so ein Leben auf der Flucht kostet doch wahnsinnig viel Geld. Und je mehr Sie davon haben, desto besser sind Ihre Chancen."

„Flucht! Sie haben's noch immer nicht kapiert, was?"

„Was kapiert?"

„Wir sind nicht auf der Flucht, ganz im Gegenteil. Oder als was würden Sie das hier bezeichnen?"

Keine Antwort.

„Tja dann, Herr Anwalt, mir läuft leider die Zeit davon …"

„Nein, bitte, lassen Sie mich wenigstens mit …" Den Rest verstand Gruber nicht und war froh darüber.

„Was?", fragte der andere.

„Meine Frau, sie ist schwanger. Ich …" Dr. Klemms Stimme war nur mehr ein Winseln.

„Mein Vater hatte auch eine Frau. Und einen Sohn."

„Was?"

Gruber fragte sich ebenfalls, was diese Aussage zu bedeuten hatte, aber da fielen schon zwei Schüsse, denen nach einer kurzen Pause ein weiterer folgte.

Gruber stützte sich mit beiden Händen auf den Fliesen ab, er hatte das Gefühl, er müsse sich gleich wieder übergeben.

„Macht er schlapp?", hörte er den Mann wieder, nun direkt über sich.

„Weiß nicht", erwiderte die Frau. „Was machen wir mit ihm?"

Der Mann bückte sich und hob mit der linken Hand Grubers Kinn an. Gruber blickte in zwei kalte Augen, die ihn forschend musterten. „Tut mir leid, dass Sie dazwischengeraten sind, aber das lässt sich jetzt nicht mehr ändern. Aber Sie haben die Wahl: Sie können mit zwei Kugeln im Kopf hier liegen bleiben oder mitkommen."

„Wozu?", krächzte Gruber.

„Wer weiß, vielleicht brauchen wir Sie noch …" Der Mann streckte erneut die Hand aus, half Gruber mit einem Ruck auf die Beine und schubste ihn zur Haustür. Gruber stolperte unbeholfen auf die Veranda hinaus, den Blick zu Boden gerichtet, wo seine Heckler & Koch liegen müsste. Doch die Pistole war verschwunden. Stattdessen sah er, wie der Große aus einem an der Hauswand abgelegten Rucksack einen kleinen Kanister herausholte.

Der Anführer und die Frau nahmen Gruber in die Mitte und bugsierten ihn über den Hof in Richtung Wald. Das Letzte, was Gruber vom Tatort zu sehen bekam, war, wie der Große erneut im Haus verschwand.

24

Das Ziel der Gangster war ein kleines Wohnmobil, exakt an der Stelle geparkt, an der Anna Königs Fiat gestanden hatte. Am Wagen angekommen, versetzte der Anführer des Trios Gruber einen Stoß zwischen die Schulterblätter und raunzte: „Los, Hände auf den Rücken und keine Dummheiten!" Von der Frau wieder in Schach gehalten, bekam Gruber Handschellen angelegt, während der Große kurz die Umgebung sondierte, dabei seinen Rotz hochzog und Gruber direkt vor die Füße spuckte. Auch Gruber blickte sich um, konnte jedoch nichts erkennen, was ihm Hoffnung gemacht hätte. Kein Lichtschein weit und breit, nur die diffuse Schwärze einer bewölkten, sternlosen Nacht.

„Also los, rein in die gute Stube", sagte der Käppiträger, sowie der Große sich hinters Lenkrad geklemmt und die Frau auf dem Beifahrersitz Platz genommen hatte. Er schubste Gruber unsanft in die Wohnkabine und warf die Tür hinter sich zu. Gruber erblickte eine verschmierte Küchenzeile und eine Schlafbank mit einer Decke und einem Kissen. Er wollte sich eben auf die Bank setzen, als ihn der Mann an der Schulter packte und ihm mit einer Kopfbewegung bedeutete, sich mit dem

Teppichboden zufriedenzugeben. Gruber ließ sich vorsichtig nieder, gleichzeitig startete der Große den Motor und das Wohnmobil setzte sich leicht schaukelnd in Bewegung.

Gruber lehnte sich gegen die Küchenzeile, zog die Knie an und starrte ins Leere. Er konnte sich noch immer keinen Reim auf das Geschehen machen. Auch wenn er gelegentlich daran gezweifelt hatte, so war er letztendlich doch davon ausgegangen, dass Weber und Fürmann die König getötet hatten und dass Marlene Fürmanns Verschwinden nichts weiter als Theater war, um Weber zu entlasten. Wer waren diese Mistkerle? Es waren Profis, so viel stand fest, zumindest ein gut eingespieltes Team. Aber was waren ihre Motive? Hatte er es mit einer Neuauflage der RAF zu tun, mit einer neuen Generation von Terroristen, die es dem Verräterpaar Weber/Fürmann heimzahlen wollten? Dagegen sprach der Käppiträger, der altersmäßig nicht so recht reinpasste. Aber um wen handelte es sich dann? Schotts Bemerkung über die Angehörigen der Opfer der König-Gruppe fiel ihm ein. Konnte es wirklich sein, dass die Eltern des verletzten Kindes eine Killerbande damit beauftragt hatten, die Überlebenden der Gruppe zu liquidieren?

Wie auch immer, dachte er schließlich, ich bin am Arsch. Er spürte, wie das Wohnmobil auf eine befestigte Straße einbog und beschleunigte. Was würde am Ende der Fahrt auf ihn warten? Er machte sich keine Illusionen. Auch wenn er nicht die geringste Ahnung hatte, wer diese Typen waren, so hatte er inzwischen viel zu viel gesehen und gehört, als dass man ihn noch laufen lassen könnte.

„Na, überhaupt nicht daran interessiert, wohin die Reise geht?“, meldete sich unvermutet sein Bewacher von der Schlafbank her.

Gruber blickte auf und fixierte sein Gegenüber. „Warum sollte ich?“, murmelte er.

„Aber über eines haben Sie bis jetzt bestimmt wie verrückt nachgedacht, oder? Wer zum Teufel sind diese Scheißtypen?“

Gruber unterdrückte einen Niesreiz und sagte nichts.

„Tja, und genau da beginnt unser Problem, würde ich sagen. Damit wir uns recht verstehen, ich bedauere nichts von dem, was da eben passiert ist, ganz im Gegenteil. Aber Sie standen nicht auf meiner Rechnung.“

„Wie schön für mich.“

„Tja, so schön nun auch wieder nicht …“

„Wieso? Ich weiß nicht, wer Sie sind, und ich weiß auch nicht, wie ich das jemals herausfinden könnte. Mit Hilfe eines Phantombilds jedenfalls nicht.“

„Das kann schon sein“, erwiderte der andere. „Aber jemand wie Sie würde nicht aufgeben, egal, was Sie mir jetzt versprechen. Und dabei würden Sie herausfinden …“

„Ich will nichts davon hören“, unterbrach Gruber den Mann, von plötzlicher Panik ergriffen.

„Und dabei würden Sie herausfinden“, fuhr der andere unbeirrt fort, „dass es da mal einen Polizeibeamten gab, der von diesen Scheißkerlen erschossen wurde. Und dass dieser Beamte einen Sohn hatte, der ebenfalls Polizist wurde, bis er aufgrund einer miesen Intrige gezwungen wurde, den Dienst aufzugeben.“

„Sie waren Polizist?“ Gruber konnte es nicht fassen.

„Ja. Mein Name ist übrigens Sander. Eric Sander.“

„Das war also der wahre Grund, warum Sie alle getötet haben“, entfuhr es Gruber. „Erst die König, danach Marlene Fürmann und heute Abend …“ Gruber stockte. Es war einfach unglaublich. Dass es nicht wenige Menschen gab, die diesen Ex-Terroristen die Pest an den Hals wünschten, war sicher kein Geheimnis. Aber dass jemand eine regelrechte Todesschwadron aufgestellt hatte, um diese Leute zu jagen und zu töten, das wollte ihm einfach nicht in den Kopf. Vielleicht woanders, dachte er, vielleicht in Lateinamerika, aber doch nicht hierzulande.

„Nicht diese König ...“ erwiderte Sander zu Grubers Überraschung mit fast empörtem Gesichtsausdruck. „Das ist ja der Witz an der Geschichte, denn eigentlich waren wir nur hinter ihr her. Aber leider hatte ich ein paar Tage, bevor sie aus dem Knast kam, einen Autounfall und konnte mich deshalb nicht sofort um sie zu kümmern, obwohl wir schon alles vorbereitet hatten. Und den beiden da vorne wollte ich die Sache nicht überlassen. Also haben wir gewartet, bis sie von ihrem Portugal-Trip wieder zurück war. Dummerweise gab's genau zu der Zeit ein paar weitere Probleme, und als wir endlich bereit waren, war sie plötzlich wieder weg. Zuerst dachten wir, sie hätte irgendwie Wind von unserem Plan bekommen, aber dann haben wir herausgefunden, dass sie nur hierher, genauer gesagt: zum Waginger See, wollte. Da habe ich mir gesagt, bevor wir in Köln dumm herumsitzen, machen wir auch ein bisschen Ferien und sehen nach, ob sie uns dabei vielleicht über den Weg läuft. Immerhin wussten wir, dass sie mit einem roten Fiat Panda mit Kölner Kennzeichen unterwegs war. Das war's aber auch schon, mehr kann ich Ihnen nicht bieten.“

„Das glaube ich nicht“, sagte Gruber.

„Tja, ist aber so“, entgegnete Sander gleichmütig. „Wir haben absolut keine Ahnung, warum oder wohin sie verschwunden ist. Dieser Weber und seine Frau hatten jedenfalls nichts damit zu schaffen, das kann ich Ihnen versichern. Ich meine, wir waren ja selbst verdammt neugierig, was mit ihr passiert ist, aber diese Fürmann hat bis zuletzt beteuert, sie hätten die Frau nicht einmal gesehen.“

Bis zuletzt beteuert! Gruber mochte gar nicht daran denken, was dies für die Frau bedeutet hatte, was diese Mistkerle mit Marlene Fürmann alles angestellt hatten, um sie zum Reden zu bringen. Er sagte nur: „Aber die haben Sie getötet, oder?“

„Sicher, Sie haben's doch gehört. Aber jetzt tun Sie nicht so. Wenn man's nämlich genau nimmt, tragen Sie und Ihre Kollegen vom LKA die Verantwortung dafür. Wenn Sie nicht die wahre Identität der beiden aufgedeckt hätten, wäre all das hier nie passiert. Dann könnten Sie jetzt schön gemütlich zuhause vorm Fernseher sitzen und ich wäre noch immer damit beschäftigt, dieses Miststück König aufzutreiben.“ Sander zuckte mit den Schultern, steckte sich eine Zigarette an und verfiel in Schweigen.

Auch Gruber sagte nichts mehr, damit ausgelastet, das eben Gehörte zu verdauen. Sander hatte ziemlich glaubhaft geklungen, aber wenn nicht er für das Verschwinden der König verantwortlich war, wer dann? War es vielleicht doch so, wie er zwischendurch vermutet hatte, dass dieser Freund vom Maierhofer, dieser Dobschütz, eigenmächtig den Terroristenschreck gespielt hatte und Anna König längst einbetoniert im Fundament eines seiner Bauprojekte lag?

Er schüttelte den Kopf, als könne er dadurch alles wieder loswerden, und horchte in die Nacht hinaus. Doch nur das Fahrgeräusch drang in den Wagen und erinnerte ihn daran, dass seine Zeit ablief. Irgendwann, am Ende dieser Fahrt. Er dachte an Ingrid, die in diesen Minuten vielleicht nach Hause kam und sich vermutlich Zeit lassen würde, bevor sie unruhig werden und ihn anrufen würde. Wie viel Zeit würde vergehen, bis sie die Bischoff anrufen würde? Und die Bischoff Alarm schlagen und eine Fahndung in die Wege leiten würde?

Es würden Stunden vergehen, keine Frage. Stunden, in denen sie längst weiß Gott wo sein würden. Nein, aus dieser Richtung war nichts zu erwarten. Es sei denn, jemandem war das Wohnmobil aufgefallen und er hatte ein verdächtiges Fahrzeug gemeldet. Aber selbst unter diesen Umständen …

So eine gottverdammte Scheiße. Und das nur, weil diese blöde König ausgerechnet hier … Oder hatte der Maierhofer doch Recht gehabt mit seiner Befürchtung? Dass die Frau ihr Verschwinden selbst inszeniert hatte, um Maierhofer nachträglich doch noch Schwierigkeiten zu bereiten?

Nach einer Weile wurde ihm kalt und er reckte das Kinn in Richtung Fahrerkabine. „Und die zwei da vorne?“, fragte er. „Wo haben Sie die rekrutiert?“

„In der hintersten rechten Ecke, wo sonst?“ Sander lachte verhalten. „Die zwei waren ganz versessen darauf, bei meinem kleinen Feldzug mitmachen zu dürfen. Ist ja auch verständlich, oder? Ich meine, wo sonst haben junge Leute heute noch die Möglichkeit, ihre Männlichkeit zu beweisen, herauszufinden, wie stark sie sind und was sie alles aushalten können?“

„Männlichkeit!“, erwiderte Gruber.

Sander lachte erneut. „Unterschätzen Sie die Kleine nicht. Die ist schärfer drauf, als selbst mir lieb ist.“

„Das kann schon sein. Trotzdem ist es nicht gerade eine Heldentat, andere Leute bei Nacht und Nebel zu überfallen.“

Gruber wetzte mit dem Rücken die Küchenzeile entlang, bemüht, eine etwas erträglichere Position einzunehmen.

„Tja, wie gesagt, ich wünschte, ich hätte mehr Spielraum, aber wenn wir erst mal in Sicherheit sind, wüsste ich nicht …" Sander verzog vielsagend das Gesicht und steckte sich eine neue Zigarette an.

„Was ist eigentlich mit dem Wachmann im Wald?", fragte Gruber.

„Ach der? Der Scheißkerl hätte uns fast überrascht. Das war ja auch der Grund, warum wir etwas überstürzt losgeschlagen haben."

„Ist er auch tot?"

„Da fragen Sie mich zu viel. Aber was ich zuletzt von ihm gesehen habe, hat nicht sehr lebendig ausgesehen."

25

Bischoff lag im Bett, noch erhitzt und aufgelöst, aber mit einem bitteren Geschmack im Mund, und horchte auf die Geräusche aus dem Badezimmer. Das fängt ja mal wieder gut an, dachte sie. Ein Kerl, der danach sofort unter die Dusche hüpft, was sollte sie von so einem halten? Sie warf die Bettdecke zurück, setzte sich auf und blickte zum Wecker. Erst zwölf vorbei! Allzu lange hatte der Spaß wirklich nicht gedauert. Kurzes Feuer, mehr nicht. Blieb die Frage, ob der liebe Roland die Nacht über bleiben würde. Irgendwie glaubte sie nicht daran. Sie stand auf und ging in die Küche, um sich ein Glas Wein einzuschenken.

Sie trank im Stehen und blieb in der Küche, als sie Roland wenig später über den Flur ins Schlafzimmer tappen hörte. Gleich darauf stand er in der Tür, mit noch feuchtem Haar, aber bis auf das Sakko schon angezogen, und lächelte verlegen.

„Willst du schon weg?“, fragte sie leicht säuerlich.

„Tut mir leid, aber ich muss morgen früh nach Zürich, mit der ersten Maschine von Salzburg. Und da wär's ganz gut, wenn ich ausgeschlafen bin. Ist ein ziemlich wichtiger Kunde.“

„Alles klar …“

„Ich rufe dich an, sobald ich zurück bin."

Gab's in der Schweiz kein Telefonnetz?

Ein flüchtiger Kuss auf den Mund und schon war er zur Tür hinaus.

Was nun? Wieder ins Bett oder sich eine DVD reinziehen? Sie ging ins Wohnzimmer und durchforschte den Stapel Filme, die sie sich im Verlauf der zurückliegenden Monate angeschafft, aber noch nicht angesehen hatte. Sie studierte noch die Inhaltsbeschreibungen, als ihr auf dem Nachttisch abgelegtes Handy klingelte. Sie legte die DVDs schnell ins Regal zurück und lief ins Schlafzimmer.

Doch es war nicht Roland, sondern Ingrid.

„Tut mir leid, dich zu stören", sagte sie, „aber ich weiß einfach nicht mehr weiter …"

„Was ist denn passiert?"

„Wenn ich das wüsste. Andreas hat mir eine Nachricht hinterlassen, dass er zu diesem Weber raus fährt, um sich dort mit dessen Anwalt zu treffen. Aber jetzt ist es schon zwölf vorbei und er meldet sich nicht. Und auch dieser Weber geht nicht ran …"

Bischoff überlief ein eiskalter Schauder. Das konnte kein Zufall sein, nie im Leben. So ein Scheiß!

„Ich fahre sofort los", sagte sie. „Aber reg dich jetzt nicht weiter auf. Vielleicht gibt es eine ganz harmlose Erklärung dafür." Sie tippte die Nummer der Einsatzzentrale ein, erklärte mit knappen Worten, was Sache war und gab Anweisung, dass jeder Streifenwagen nordöstlich vom Chiemsee Kurs auf den Reiterhof zu nehmen hatte. Fügte noch hinzu, dass trotz aller Eile höchste Vorsicht geboten sei und die Kollegen mit allem rechnen müssten. Nachdem dies erledigt war, zog sie sich eiligst an und lief zu ihrem in der Tiefgarage geparkten Roadster.

Sie hatte gerade Kraimoos passiert, als sich die Einsatzzentrale meldete: „Sein Wagen steht vor dem Haus von einem gewissen Niedermeier“, erklärte der Kollege. „Der Mann sagt, Kommissar Gruber wollte zu Fuß zu diesem Reiterhof.“

Für einen Moment keimte Hoffnung in Bischoff auf. Vielleicht ist er nur gestürzt und liegt bewusstlos im Straßengraben, dachte sie, verwarf diesen Gedanken aber sofort wieder. Sie sagte: „Es bleibt dabei, alles im Umkreis fährt zu dem Hof.“

Mitten in Seebruck erfolgte die nächste Meldung. Der Beamte war hörbar schockiert. „Sie haben auf dem Hof zwei Tote und einen Schwerverletzten entdeckt …“

So schlimm die Nachricht auch war, Bischoff fiel dennoch ein Stein vom Herzen. Wäre Gruber einer der Toten gewesen, hätte der Beamte das zuerst erwähnt.

„Und Gruber?“

„Von dem fehlt jede Spur, sagen die Kollegen."

Bischoff versuchte sachlich zu bleiben. „Ist schon klar, wer die Männer sind und wie sie gestorben sind?"

„Moment ... Zwei wurden erschossen, der dritte hat eine schwere Schädelverletzung ... Okay, ich hab's: Bei dem einen Toten handelt es sich um diesen Dirk Weber, Sie wissen schon, dieser Ex-Terrorist, der andere ist ein Dr. Robert Klemm. Der Verletzte heißt Norbert Fitz und gehört zu einem Sicherheitsdienst, meint der Kollege."

„Okay, lösen Sie Großalarm aus. Wir brauchen alles, was wir kriegen können. Und zwar sofort. Und informieren Sie Staatsanwältin Dr. Werner."

„Alles klar."

Bischoff drückte erneut aufs Gas. Darauf gefasst, jeden Augenblick zu erfahren, dass man auch Gruber tot aufgefunden hätte. Am Haus von Niedermeier angekommen, bremste sie ab und warf einen Blick auf Grubers Peugeot. Das müssen wir auch noch klären, dachte sie, irritiert darüber, dass Gruber die letzten paar hundert Meter zum Reiterhof zu Fuß zurückgelegt haben sollte.

Wie erwartet, herrschte auf dem Hof höchste Aufregung. Zwei Streifenwagen,ein Krankenwagen und ein dunkler BMW standen verstreut über den Platz zwischen Wohnhaus und Stallgebäude,

Streifenbeamte, Sanitäter und zwei junge Männer in Jeans und Lederjacken, in denen Bischoff die Zivilfahnder Klaus Tanner und Georg Jung erkannte, schwirrten auf der Veranda umher, wo rechts von den Stufen ein Mann am Boden lag und eben eine Infusion erhielt.

„Im Haus ist er nicht“, sagte Tanner zu Bischoff.

Ein Lichtblick, immerhin. „Wann ist es schätzungsweise passiert?“, fragte sie, bemüht, nicht den Überblick zu verlieren.

„Vor einer Stunde, würde ich sagen. Maximal eineinhalb.“

„Irgendwelche Hinweise auf die Täter?“

Tanner schüttelte den Kopf. „Ein paar Patronenhülsen, mehr nicht. Und irgendwer hat in den Flur gekotzt.“

„Gut, dann müssen wir als Nächstes die Umgebung absuchen. Bildet ein paar Zweierteams und dann los.“ Sie blickte zu dem Verletzten, der, auf die rechte Seite gedreht und mit einem Kissen unterm Kopf, reglos und mit geschlossenen Augen dalag. „Hat er was sagen können?“

„Keine Chance. Der Sani sagt, er hat vermutlich einen Schädelbruch.“

„Sorg trotzdem dafür, dass ein Kollege mit ins Krankenhaus fährt und bei ihm bleibt.“

„Mache ich. Sonst noch was?“

Bischoff schüttelte nur den Kopf, trat vorsichtig in den Flur und blickte sich schaudernd um. Weber lag zusammengekrümmt in der Mitte des Flurs, mit einer Blutlache rings um seinen Kopf. Von seinem Gesicht war kaum mehr etwas zu erkennen. Er hatte sich in die Hose gemacht, ebenso der Anwalt aus München, der im Wohnzimmer mit nach vorne gesacktem Kopf auf dem Sofa saß, mit drei Einschüssen im blutgetränkten Oberkörper.

Sieht aus wie eine Hinrichtung, dachte Bischoff. Kaltblütig geplant und ausgeführt. Kaum Gegenwehr, von dem Stuhl im Flur einmal abgesehen. Doch wo steckte Gruber? Sein Handy, fiel ihr ein. Vielleicht könnten sie ihn über sein Mobiltelefon ausfindig machen. Sie zog ihr Handy aus der Tasche, im selben Moment kam ein Anruf. Es war Dr. Werner. Bischoff holte tief Luft und erklärte der Staatsanwältin mit knappen Worten die Sachlage.

„Es gibt keinerlei Hinweise auf diesen Sander?", fragte Dr. Werner.

„Nein, aber ich finde, wir sollten trotzdem eine Fahndung nach ihm einleiten. Vielleicht zunächst verdeckt, um ihn nicht aufzuscheuchen."

„Gute Idee, ich werde gleich alles Nötige veranlassen. Kommen Sie allein zurecht da draußen?"

„Ja, ich denke schon."

„Okay, ich melde mich gleich wieder. Und Kopf

hoch. Sie kennen Gruber doch. So leicht ist der nicht unterzukriegen."

„Ja, ich weiß ..."

Bischoff behielt das Handy in der Hand und ging wieder hinaus, wo inzwischen zwei weitere Streifenwagen und Kollege Reichert eingetroffen waren.

Das erste Mal, dass die Verantwortung allein bei ihr lag.

Sie musste Gruber finden.

Lebend!

26

Schott lag mit geschlossenen Augen auf dem Sofa und träumte zu den Klängen von Charlie Hadens „Land of the sun" von Kalifornien. Er war schon ein paar Mal in Los Angeles gewesen, aber immer nur als Tourist und nicht als gefragter Mann im Filmgeschäft. Offen war nur, ob er sich mit seinen Ideen auch durchsetzen könnte, ob er seine Geschichte nicht so lange umschreiben müsste, bis ihm das ganze Projekt zum Hals heraushängt. Aber gut, auch wenn nichts dabei herauskommen sollte, die Bezahlung war jedenfalls fürstlich und ein paar Monate in der Sonne waren auch nicht zu verachten.

Das Klingeln seines Handys schreckte ihn auf. Er blickte auf die Uhr. Schon gleich zwei! Er stand auf und ging zum Schreibtisch, wo sein Mobiltelefon lag. Er brauchte ein paar Sekunden, um die Nummer auf dem Display zu identifizieren. Ingrid. Plötzlich hellwach, nahm er den Anruf entgegen.

„Ingrid?"

„Ja, ich bin's …" Ihre Stimme hörte sich verweint an.

Ein Unfall, dachte Schott. Gruber hat's erwischt.

„Was ist passiert?"

„Wenn wir das wüssten. Fest steht nur, dass der Andreas spurlos verschwunden ist, wahrscheinlich entführt von ein paar Leuten, die gerade nicht weit vom Chiemsee auf einem Gehöft ein Massaker angerichtet haben. Drei Tote und ein Schwerverletzter."

„Und wie?" Schott fehlten plötzlich die Worte.

„Sagt dir der Name Anna König etwas?"

„Ja, natürlich. Der Andreas hat mich deswegen vor einigen Tagen angerufen. Wollte wissen, ob ich sie von früher her kenne. Ich meine, von Waging und dem Seestadl her."

„Ja, richtig, stimmt …"

„Die ist doch auch verschwunden, oder?"

„Genau. Auf diesem Gehöft haben nämlich zwei ehemalige Komplizen von ihr gewohnt, ein Ehepaar, von denen Andreas glaubt, dass sie die König damals, also Ende der siebziger Jahre, verraten haben. Und sie jetzt beseitigt haben, um nicht aufzufliegen. Aber den beiden war nichts nachzuweisen. Der Mann kam zwar in Untersuchungshaft, wurde nach ein paar Tagen aber wieder freigelassen, weil plötzlich auch seine Frau verschwunden war."

„Was, die auch?"

„Ja, das ist ja das Unerklärliche. Deswegen wollte der Andreas ja auch mit dem Typ reden. Mit ihm und seinem Anwalt, der auch dort war. Jedenfalls hat er mir das auf einem Zettel hinterlassen, ich war nämlich nicht zuhause, als er weggefahren ist.

Aber jetzt sind die zwei tot, beide erschossen, und ein weiterer Mann erstochen. Und der Andreas ist weg."

„Und die Bullen haben keine Ahnung, wer oder was dahinterstecken könnte?"

„Die Bischoff sagt, nein."

„Und die Fahndung?"

„Bis jetzt nichts. Die Bischoff sagt zwar, sie hätten alles aufgeboten, was zu kriegen war, aber bis jetzt keine Spur."

„Weiß man denn wenigstens, mit welchem Fahrzeug sie unterwegs sind?"

„Nein."

„Hm, könnte ich selbst mit der Bischoff sprechen?"

„Glaube kaum, die rotieren …" Ingrid unterdrückte ein Schluchzen. „Aber ich kann dir ihre Nummer geben."

Schott notierte sich die Nummer und überlegte kurz. Sollte er warten, bis das erste Flugzeug nach München oder Salzburg ging? Oder sofort losfahren? An Schlaf war ohnehin nicht mehr zu denken, und wenn er draufdrückte und sich nicht um Geschwindigkeitsbeschränkungen scherte, konnte er in sechs Stunden in Traunstein sein. Er sagte: „Okay, ich fahre gleich los, dann müsste ich spätestens gegen acht bei dir sein."

„Ich danke dir …"

„Und Kopf hoch. Wenn sie ihn entführt haben, heißt das, dass er noch am Leben ist, weil sie ihn brauchen, als Geisel. Und wenn er noch am Leben ist, möchte ich lieber nicht in der Haut dieser Typen stecken."

27

Gruber stockte das Herz, als das Wohnmobil plötzlich ausscherte und mit knirschenden Reifen zum Stehen kam. War hier Endstation? Er wälzte sich auf die andere Seite und blickte zu Sander hoch, der ihm jedoch keine Beachtung schenkte. Der nur mit angespannter Miene aufrecht dasaß, die rechte Hand mit der Pistole unter seine Jacke geschoben. Erst jetzt fiel Gruber auf, dass der Motor weiterlief. Nur eine Pinkelpause? Im nächsten Augenblick flog die Tür auf und der Große stand vor ihnen. Er warf Gruber einen kalten Blick zu und sagte zu Sander: „Jetzt übernimmst du besser, würde ich sagen."

Sander nickte nur, stieg über Gruber hinweg und verschwand in der Dunkelheit. Der Große kletterte zu Gruber in den Wagen und warf die Tür wieder zu. Ohne Gruber weiter zu beachten, warf er sich auf die Schlafbank, schob sich das Kissen zurecht und beschäftigte sich mit seinen Fingernägeln. Das Wohnmobil setzte sich mit einem Ruck wieder in Bewegung.

Gruber drehte dem Großen den Rücken zu und starrte die Wandverkleidung an. Sie waren jetzt seit mindestens zwei Stunden unterwegs, davon ein gutes Stück auf der Autobahn, falls er die Verkehrsgeräusche richtig gedeutet hatte. Und nichts war passiert. Dazu die selbstsichere Art Sanders, die nur einen Schluss zuließ: Sie befanden sich nicht mehr in Deutschland, sondern irgendwo jenseits der Grenze, wo eine Fahndung nach ihnen noch gar nicht stattfand. Und dafür kam eigentlich nur Österreich in Frage, entweder das Salzburger Land oder Tirol.

Ausgerechnet Österreich, dachte Gruber verbittert. Und bald schon ging es bergan. Das Wohnmobil folgte einer ziemlich kurvenreichen Straße, die ins Gebirge hoch führte. Gruber horchte angestrengt, von Übelkeit und Herzklopfen geplagt, und döste nach einer Weile ein.

Es war der Große, der ihn wachrüttelte.

Gruber fuhr hoch.

„Na Meister, gut geruht?“

Gruber schüttelte nur den Kopf. Aber da hatte der Große sich schon abgewandt und die Tür einen Spalt breit geöffnet. Sofort drang eiskalte Luft herein und ließ Gruber frösteln. Er spähte an dem Großen vorbei ins Freie, konnte außer einem schwachen Lichtschein jedoch nichts erkennen. Wieder nur eine Zwischenstation, oder war die Reise hier zu Ende? Das Motorengeräusch war jedenfalls verstummt und auch sonst war nichts zu hören.

„Schön hierbleiben", sagte der Große zu Gruber, bevor er die Tür ganz aufstieß, hinaussprang und mit der Frau ein paar Worte wechselte. Gruber hörte etwas von „Scheißkälte" und „am Arsch der Welt". Aber wo blieb Sander? Gruber schob den Kopf zur Tür hinaus und erblickte ein altes Bauernhaus, diffus beleuchtet vom Schein der Hoflampe und dem matten Licht hinter zwei Fenstern im Erdgeschoss. Der Große und die Frau standen an der Motorhaube und rauchten, von Sander keine Spur.

Gruber zog sich wieder zurück und verhielt sich ruhig. Fragte sich nur, wie lange er noch durchhalten würde. Sein Durstgefühl wurde allmählich unerträglich und auf die Toilette musste er auch, und zwar dringend. Vielleicht sollte ich mir in die Hose machen, dachte er. Dann müssten sie ihn von seinen Fesseln befreien, und wer weiß … Sanders Stimme an der Tür schreckte ihn auf.

„Also dann, rein in die gute Stube …"

Von Sander mit festem Griff gehalten, richtete sich Gruber auf und stolperte hinaus auf die kiesbestreute Zufahrt. Das Haus war an einen teils bewaldeten Abhang gebaut, wie er nun erkannte, und schien ziemlich hoch gelegen. Und recht einsam dazu, denn er konnte weit und breit kein Licht entdecken, das auf Nachbarn hingedeutet hätte. Er wurde wortlos durch die offen stehende Haustür ins Haus geleitet und entlang des Flurs zur Kellertreppe bugsiert. Wer immer im Haus wohnte, er blieb unsichtbar. Gruber verkniff sich die Bitte nach einem Toilettenbesuch, folgte den glitschigen Steinstufen hinab in die Tiefe und fand sich in einem eiskalten, mit Vorratsregalen gefüllten Kellerraum wieder.

„Also dann, Herr Kommissar“, sagte Sander. „Machen Sie es sich bequem.“

„Nur eine Bitte …“, sagte Gruber und hasste sich dafür.

„Ja …?“

„Die Handschellen. Wär's möglich, sie vorne zu tragen? Meine Arme sind schon ganz taub.“

Sander blickte ihn kurz mit nachdenklicher Miene an. „Also gut … aber erst hinlegen.“

Gruber legte sich bäuchlings auf den eiskalten Betonboden und hielt still, während Sander ihn von den Handschellen befreite.

„Umdrehen, aber unten bleiben und die Flossen hoch.“ Gruber streckte die Hände aus und Sander legte ihm die Handschellen erneut an. Dann warf er die Tür hinter sich zu und Gruber kroch ermattet in eine Ecke.

28

Schott wartete, bis die Bedienung den Suppenteller und den Brotkorb abgeräumt hatte, bevor er den dritten Betablocker seit seiner Abfahrt schluckte. Er spülte die Tablette mit dem Rest seines Kaffees hinunter und fragte sich, wie lange er sich noch auf den Beinen halten könnte. Höchstens bis zum Nachmittag, sagte er sich, dann ist finito. Die Raserei hatte ihn doch mehr angestrengt, als er angenommen hatte, und die Verzweiflung darüber, dass die Fahndung noch immer nichts ergeben hatte, setzte ihm zusätzlich zu. Ob tatsächlich dieser Ex-Bulle, dieser Eric Sander, hinter dem Massaker und Grubers Entführung steckte? Die Bischoff schien davon überzeugt, auch wenn bislang jeder Beweis dafür fehlte. Aber warum eigentlich nicht, dachte er. Wenn diese Neonazis schon Ausländer abknallten, warum dann nicht auch ehemalige Terroristen, die ihnen wie auf dem Silbertablett serviert wurden. Er gähnte verhalten und blickte zu Bischoff, die von der Toilette zurückgekehrt war und am Tisch stehen blieb.

„Ich fahre jetzt wieder raus", sagte sie. „Vielleicht haben wir ja doch etwas übersehen."

„Soll ich mitkommen?"

Bischoff schüttelte den Kopf. „Fahr lieber nach

Hause zu seiner Frau. Ich möchte nicht, dass sie allein ist, wenn wir …" Sie stockte, blickte an Schott vorbei auf den See hinaus. Schott glaubte, ein paar Tränen in ihren Augen zu erkennen. Von einem plötzlich Wutanfall gepackt, hatte er Mühe, nicht das Kaffeegeschirr vom Tisch zu fegen. So knirschte er nur mit den Zähnen und warf einen bösen Blick zu der älteren, deutlich zu dick geschminkten Frau, die allein an einem Tisch saß und immer wieder interessiert zu ihnen herüberblickte.

„Wenn sie ihn entführt haben, heißt das, dass sie ihn brauchen, als Faustpfand oder was auch immer", sagte er. „Wir sollten nicht so schnell aufgeben … Wie lange wollt ihr die Entführung eigentlich noch geheim halten?"

„Ich weiß nicht, aber nachdem zunächst nur von mehreren unbekannten Tätern die Rede war, haben die Werner und das LKA jetzt offensichtlich ein Problem damit, zuzugeben, dass sich auch ein Polizeibeamter in den Händen der Täter befindet."

„Na ja, letztendlich macht es wohl keinen Unterschied, aber …"

„Entschuldigen Sie bitte, aber dürfte ich mich kurz zu Ihnen setzen?" Der Mann, der unbemerkt an ihren Tisch getreten war, war um die vierzig, mittelgroß, schlank und frühzeitig ergraut. Sein Blick verriet nichts.

Schott sagte nichts und auch Bischoff brauchte ein, zwei Sekunden, um zu reagieren.

„Presse?“, fragte sie ungehalten.

„Keine Sorge. Aber ich könnte Ihnen vielleicht weiterhelfen …“

„Und wie?“, fragte Schott.

„Darf ich?“ Der Grauhaarige zog vom Nebentisch einen Stuhl heran.

Schott nickte und auch Bischoff setzte sich wieder.

„Mein Name ist Köhler. Felix Köhler“, sagte der Grauhaarige mit Blick zu Bischoff. „Ich bin so etwas wie ein Kollege von Ihnen …“

„Verfassungsschutz?“

„Schon möglich. Aber um gleich zur Sache zu kommen: Es könnte sein, dass Sie mit Ihren Nachforschungen bezüglich Eric Sander genau richtig lagen.“

„Woher wissen Sie …?“, fragte Bischoff.

Köhler hob abwehrend die rechte Hand. „Das spielt jetzt keine Rolle. Wichtig ist …“

„Also doch ein Racheakt“, unterbrach Schott den Mann.

„Könnte durchaus sein.“

„Sie hatten den Kerl schon länger auf dem Radar, oder? Aber wieder mal nichts unternommen, bis es zu spät war.“

„Hören Sie …“

„Und was hilft uns das jetzt weiter?“, fuhr Bischoff den Mann an. „Oder wissen Sie vielleicht, wo sich der Kerl aufhält?“

„Wissen wäre zu viel gesagt, aber er hat eine ältere Schwester, die in Kärnten wohnt. Was auch erklären würde, weswegen die Fahndung bis jetzt ins Leere gelaufen ist.“

„Und Sie glauben, die nimmt ihn einfach so auf, mit einem Polizisten als Geisel im Gepäck?“, fragte Schott.

„Es ist jedenfalls nicht ausgeschlossen, und solange …“

„Dann müssen wir sofort die österreichischen Behörden einschalten“, unterbrach Bischoff den Mann und machte Anstalten, ihr Handy aus der Tasche zu holen.

„Einen Moment bitte.“ Köhler legte seine Hand auf Bischoffs Arm. „Das können Sie natürlich machen, aber ich würde dringend davon abraten.“

„Und wieso?“

„Weil Sie die Sache damit aus der Hand geben, ganz einfach. Weil Sie dann keine Kontrolle mehr darüber haben, was geschieht. Und das könnte leider genau das Gegenteil von dem sein, was Sie, was wir alle hier erreichen möchten: dass Ihr Freund und Kollege die Sache möglichst unversehrt übersteht.“

„Verstehe ich nicht“, sagte Schott. „Die Österreicher haben doch auch speziell dafür ausgebildete Leute …“

„Natürlich haben sie die. Die Frage ist nur, ob sich die Kollegen einzig und allein aufgrund eines Verdachts bereit erklären, das Haus zu stürmen und Sander und seine Leute dort festzunageln.“

„Dann behaupten wir doch einfach, dass Gruber dort gefangen gehalten wird“, wandte Bischoff ein. „Dann müssen sie etwas unternehmen …“

„Das könnten wir natürlich, aber damit hätten wir das gleiche Problem, nur anders gelagert: Dass nämlich kaum ein Verantwortlicher sofort aufs Ganze gehen würde, dass man sehr wahrscheinlich zunächst versuchen würde, die Sache möglichst ohne Blutvergießen hinter sich zu bringen. Was würde passieren? Man würde das Gebäude in sicherer Entfernung umstellen und die Leute dort auffordern, sich widerstandslos festnehmen zu lassen. Und darauf könnte sich Sander niemals einlassen, nicht nach dieser Blutspur, die er hinterlassen hat. Aber was wird er machen? Er wird freien Abzug verlangen, mit Ihrem Kollegen als Geisel. Und ich denke, man braucht nicht viel Fantasie, um sich auszumalen, wie das enden würde.“

„Nicht jede Geiselnahme endet für die Geisel tödlich“, warf Bischoff ein.

„Vielleicht. Aber nicht umsonst lautet die erste Regel bei einer Geiselnahme, die Sache möglichst an Ort und Stelle zu bereinigen. Und wie gesagt: Sander hat nichts mehr zu verlieren, und wenn er keinen Ausweg mehr sieht, möchte ich nicht in seiner Gewalt sein. Um keinen Preis der Welt."

„Was schlagen Sie vor?", fragte Schott.

Köhler warf Schott einen langen, prüfenden Blick zu. „Dass wir, damit meine ich Sie beide und ein paar meiner Leute, die Sache selbst in die Hand nehmen. Meines Erachtens die einzig reelle Chance, Ihren Freund und Kollegen da mit heiler Haut herauszuholen."

„Aber …", entgegnete Bischoff.

Der Mann behielt Schott weiter im Blick. „Wir haben uns über Sie informiert, Herr Schott. Sie haben Ihrem Freund doch schon einmal aus der Patsche geholfen und dabei kaltblütig einen Mann getötet."

„Woher wollen Sie wissen, dass es kaltblütig geschah?"

„Von hinten vier Mal auf einen Mann in einem wegfahrenden Auto zu schießen, zeugt nicht gerade von einer Affekthandlung, würde ich sagen."

Schott sagte nichts.

„Sie wollen Gruber heimlich und ohne die Zustimmung der Österreicher da rausholen?", vergewisserte sich Bischoff. „Weil Sie meinen, die Kollegen kriegen das nicht hin?"

„Exakt."

„Und Sie wollen uns dabei haben, weil Sie befürchten, dass ich von Gruber ohnehin alles erfahren würde, und …", dabei deutete sie auf Schott, „er da auch."

„Richtig. Aber nicht nur das. Ich meine, Sie beide kennen Herrn Gruber am besten. Und da wir nicht wissen, wie sich die Sache entwickelt, wäre es natürlich auch von Vorteil, jemanden dabei zu haben, der zum Beispiel weiß, was er uns im Fall einer Kontaktaufnahme vielleicht verschlüsselt mitteilt."

„Na schön, und wie soll das vor sich gehen?", fragte Schott. „Einfach an der Tür klingeln, oder wie?"

„Sie wären dabei?"

Schott und Bischoff wechselten einen Blick.

„Kommt darauf an, was Sie sonst noch auf Lager haben", sagte Schott schließlich. „Kärnten ist groß …"

Köhler griff in seine rechte Sakkotasche und brachte den zusammengefalteten Ausschnitt einer Landkarte sowie einen Zettel mit einer Adresse zum Vorschein. Er legte beides auf den Tisch, breitete die Karte aus und deutete auf eine rot markierte Stelle.

„Antonia Hofer und ihr Mann Peter bewohnen ein kleines, ziemlich abseits gelegenes Bauernhaus hier in den Bergen, mitten in den Hohen Tauern. Das ideale Versteck sozusagen. Wenn es anders wäre, hätte ich Ihnen erst gar nichts davon erzählt."

„Und wenn noch mehr Leute dort wohnen?", fragte Bischoff. „Kinder vielleicht?"

„Die beiden haben keine Kinder ..."

„Sie sind ja bestens informiert", merkte Schott an.

Köhler lächelte knapp. „Was glauben Sie, was wir seit heute Morgen alles mobilisiert haben! Denken Sie daran, wenn Sie demnächst wieder einen Bericht über die angeblich nutzlosen oder gar kriminellen Aktivitäten von V-Leuten lesen."

Schott nickte nur.

„Und was wissen Sie über Sanders Komplizen?", fragte Bischoff. „Den Spuren nach könnte es sich bei einem von ihnen um eine Frau handeln."

„Was die Frau betrifft, arbeiten wir noch dran. Bei dem Mann dürfte es sich mit größter Wahrscheinlichkeit um einen gewissen Alexander Grothe handeln, ein Zwei-Meter-Hüne mit etlichen Vorstrafen wegen illegalen Waffenbesitzes und Körperverletzung."

Schott und Bischoff wechselten erneut einen Blick. Doch bevor sie etwas sagen konnte, stand die

Bedienung an ihrem Tisch und machte Köhler gegenüber eine entschuldigende Geste. „Tut mir echt leid, aber irgendwie habe ich Sie übersehen …"

Köhler lächelte freundlich. „Kein Problem, das passiert mir öfter. Aber danke, ich bin schon so gut wie weg."

„Okay …" Die Bedienung nahm Schotts Kaffeegeschirr vom Tisch und ging weiter.

„Mehr kann ich Ihnen vorläufig nicht bieten." Köhler lehnte sich nach einem Blick auf die Uhr zurück und rieb sich die Augen.

„Ich frage mich, wer die Kompetenz hat, so eine Aktion zu genehmigen?", sagte Schott.

„Offen gesagt, noch ist sie nicht genehmigt. Trotzdem sollten Sie sich so schnell wie möglich entscheiden." Köhler erhob sich abrupt, schob den Stuhl an den Nebentisch zurück und nickte ihnen zu. „Ich warte draußen auf Sie." Schott und Bischoff blickten ihm nach, bis er zur Tür hinaus verschwunden war.

„Klingt doch nicht schlecht", sagte Schott nach einer Pause. „Mich hat er jedenfalls überzeugt. Auch wenn ich mir nicht im Klaren darüber bin, was ich dabei soll."

„Das hast du doch gehört …"

Schott schüttelte den Kopf. „Das allein kann es nicht sein."

„Auf jeden Fall ist es illegal."

„Hast du Angst um deinen Job?"

„Idiot."

„Dann ist ja alles klar." Schott holte seine Brieftasche heraus und winkte der Bedienung. Er legte einen Zwanzig-Euro-Schein auf den Tisch, sammelte Landkarte und Zettel ein und steckte beides in seine Jackentasche.

29

Etwa zweihundert Meter nach der Abzweigung, die zum Haus der Hofers führte, bog Schott wie angewiesen von der Straße ab und manövrierte seinen Dodge Charger auf den Forstweg, der hier rechts von der Straße abging. Er hielt an, stellte den Motor ab und atmete einmal tief durch.

„So, da wären wir …“

Er hatte kaum ausgesprochen, als Felix Köhler ein paar Meter vor ihnen aus dem Gebüsch trat. Nun mit grauen Jeans und einem schwarzen Anorak bekleidet und gefolgt von einem zweiten, etwas jüngeren und ähnlich ausstaffierten Mann, der Schott mit kritischem Blick musterte. Schott stieg aus und wartete, bis Bischoff neben ihm stand.

„Alles klar soweit?“, fragte Köhler.

Schott nickte nur.

„Wir denken, dass wir hier genau richtig sind“, sagte Köhler. „Jedenfalls deutet alles darauf hin, dass Sander sich bei den Hofers aufhält. Allerdings gibt es dabei ein kleines Problem …“

„Hätte mich gewundert, wenn es anders wäre“, erwiderte Schott.

Köhler griff in die linke Brusttasche seines Anoraks, holte ein Smartphone heraus und tippte kurz ein paar Daten ein, bevor er Schott den Apparat überreichte. „Hier, sehen Sie selbst."

Das aus einiger Entfernung von schräg oben gemachte Foto zeigte ein kleines, an einem Abhang errichtetes Bauernhaus mit Scheune und Stallgebäude, vor dessen Garage ein Wohnmobil geparkt war.

„Ist das Wohnmobil der Wagen, mit dem Sander …?", fragte Bischoff.

„Davon gehen wir aus", erwiderte Köhler. „Es hat ein Dortmunder Kennzeichen. Der Wagen ist allerdings nicht auf ihn zugelassen, sondern auf eine gewisse Karola Bäumer. Die wiederum, soviel wir wissen, die Freundin von diesem Alexander Grothe ist."

„Verdammt clever, diese Typen", sagte Schott. „Wer denkt schon daran, dass die mit einem Wohnmobil durch die Gegend kurven."

„Ja, wirklich erstklassige Tarnung."

„Okay, und wo liegt jetzt das Problem?", fragte Schott und gab Köhler das Smartphone zurück.

„Das Problem haben Sie eben gesehen. Das Haus gleicht einer kleinen Festung. Dickes Mauerwerk, massive Eingangstür, die Fenster im Erdgeschoss alle mit Fensterkreuzen gesichert. Der einzige Zugang, der in Frage kommt, ist die Stalltür hinten. Wobei wir natürlich nicht wissen, ob die nur abgeschlossen oder noch anderweitig gesichert ist."

„Sie werden doch wohl eine Tür aufkriegen", sagte Bischoff. „Noch dazu eine Holztür."

„Natürlich, keine Frage. Das Problem ist nur, dass wir es mit fünf Leuten zu tun haben, die überall im Haus verteilt sein können. Und von denen mindestens drei, soweit wir wissen, bewaffnet sind. Und mit Sicherheit auch nicht bereit sind, sich kampflos zu ergeben."

„Dann müssen Sie eben ein Ablenkungsmanöver starten", sagte Schott. „Sie vielleicht mit einem Trick ins Freie locken oder so was in der Art …"

„Sie sagen es." Köhler und sein bislang stummer Begleiter wechselten einen Blick.„Und genau dabei kommen Sie ins Spiel, Herr Schott", fügte Köhler hinzu.

„Ich?", fragte Schott. „Inwiefern?"

„Indem Sie sich dorthin begeben, an die Tür klopfen und sich als verirrter Wandersmann ausgeben. Und so die Aufmerksamkeit der Bande auf sich lenken. Dann werden nämlich alle nach vorne rennen, um zu sehen, was los ist. Und wir haben sie mit etwas Glück auf einem Haufen versammelt und müssen uns nicht durch das ganze Haus kämpfen, mit entsprechenden Verlusten."

„Und wieso soll ich das machen und nicht einer Ihrer Leute?"

„Weil diese Leute viel zu jung dafür sind", mischte sich Köhlers Begleiter ein, zu Schotts Überraschung in breitem Wienerisch.

Köhler war Schotts Überraschung nicht entgangen. „Wir haben in letzter Sekunde mit einer bestimmten Behörde in Wien eine Übereinkunft erzielt“, erklärte er rasch. „Wir stellen die Truppe, die Kollegen die Logistik und alles, was sonst noch nötig werden sollte.“

„Also doch kalte Füße bekommen, was?“

Köhler schüttelte nur den Kopf.

„Es ist doch so“, sprach der andere weiter, „wenn ein Mann von Mitte zwanzig dort aufkreuzt, würden die garantiert sofort misstrauisch werden. Ich meine, diese Typen haben ein Gespür für so was, die riechen einen Polizeibeamten doch auf hundert Meter. Aber jemand in Ihrem Alter und mit Ihrem, verzeihen Sie, etwas derangierten Aussehen …“

„Besten Dank.“

„Sie würden natürlich eine kugelsichere Schutzweste tragen und von unseren Leuten jede Sekunde gedeckt werden“, sagte Köhler. „Das Risiko wäre minimal. Jedenfalls bei Weitem nicht so groß wie vor fünf Jahren, als Sie Gruber vor diesem Profikiller beschützt haben. Der Ihnen dann ja auch prompt in die Falle gegangen ist. Aber es liegt natürlich ganz bei Ihnen …“

„Würde ich auch eine Waffe erhalten, nur für alle Fälle?"

„Eine Waffe würde Sie nur behindern, glauben Sie mir. Sie klopfen einfach an, fragen nach dem Weg, vielleicht nach etwas zu trinken, halten das Gespräch jedenfalls so lange als möglich in Gang, und wenn es hinten dann kracht, gehen Sie in Deckung und die Sache ist für Sie erledigt."

Schott nickte bedächtig. „Ich würde das gerne mit ihr besprechen", sagte er mit einer Kopfbewegung zu Bischoff.

„Natürlich."

Köhler und der Herr aus Wien wandten sich ab und gingen leise miteinander diskutierend zur Straße vor. Schott bedeutete Bischoff, wieder in den Wagen zu steigen.

30

„Und, was meinst du?“, fragte Schott, während er nach hinten griff und sich den kleinen Lederrucksack, mit dem er nach ihrem Zwischenstopp bei Ingrid angerückt war, auf den Schoß holte. „Klingt doch gar nicht mal so übel, oder?“

„Stimmt“, sagte Bischoff. „Aber ich komme mit. Ein Pärchen ist vielleicht noch unauffälliger …“

„Hm, schon möglich. Trotzdem keine gute Idee. Die kennen dich vermutlich. Jedenfalls müssen wir davon ausgehen.“

Bischoff verzog das Gesicht. Natürlich hatte Grubers Befreiung oberste Priorität und was dieser Köhler da vorgeschlagen hatte, klang absolut vernünftig angesichts der Umstände. Dennoch fühlte sie sich ausgeschlossen und in die Rolle eines Zuschauers degradiert.

Schott öffnete den Rucksack und brachte einen kurzläufigen Revolver sowie eine Schachtel Munition zum Vorschein.

Bischoff blickte ihn entgeistert an. „Woher …?“

„Von Ingrid. Hat ihr der Andreas besorgt, nach dieser Geschichte damals mit diesem Profikiller, wie hieß er gleich wieder?“

„Du weißt nicht einmal mehr den Namen des Mannes, den du erschossen hast?“

„Nein." Schott warf die Trommel des Revolvers aus und überprüfte die Ladung. Er sagte: „Wenn ich gewusst hätte, auf was der Scheiß hier rausläuft, hätte ich mir in Berlin vielleicht was anderes besorgt, 'ne Glock oder so, mit fünfzehn Schuss im Magazin. Aber egal. Auf kurze Entfernung dürfte das Ding auch so den stärksten Mann umhauen, schätze ich. "

„Aber ...?"

Schott grinste. „Was aber? Hast du etwa im Ernst gedacht, wir fahren hier rauf und ich stehe da wie ein Vollidiot, wenn die Kacke am Dampfen ist. Ich habe doch geahnt, dass die was vorhaben mit mir."

„Und wenn sie was bemerken? Ich meine, die im Haus?"

„Du hast unseren Mephisto doch gehört: Ich werde jede Sekunde von seinen Scharfschützen gedeckt."

„Von Scharfschützen war nicht die Rede!"

„Nein? Noch ein Grund mehr ..."

Schott verstaute den Revolver in seiner rechten Jackentasche, nahm anschließend eine Handvoll Patronen aus der Schachtel und steckte sie in seine linke Jackentasche. Die Schachtel mit der restlichen Munition packte er wieder in den Rucksack. Er blickte fragend zu Bischoff: „Und, bist du bereit?"

„Du kannst es wohl kaum erwarten, was?"

„Nicht unbedingt. Aber ich bin jetzt“, er warf einen Blick auf die Uhr, „seit bald dreißig Stunden auf den Beinen und langsam ist mir alles recht.“

Bischoff blickte über die Schulter nach hinten, um zu sehen, wo sich Köhler und der Wiener herumtrieben. Die zwei standen immer noch ein gutes Stück entfernt, schienen aber langsam ungeduldig zu werden. Nicht unbedingt der beste Zeitpunkt, um Schott auf den Zahn zu fühlen. Aber sie wurde einfach nicht schlau aus dem Mann. Sie wusste zwar, dass Gruber große Stücke auf ihn hielt, aber irgendwie traute sie ihm nicht über den Weg. Schott hatte etwas von einem Desperado an sich, der nur zufällig auf ihrer Seite stand. Der genauso gut ein Gegner sein könnte, dem Recht und Gesetz egal waren. Sie dachte daran, wie er am Morgen am Tatort aufgetaucht war und fast einen Beamten k.o. geschlagen hätte, als der ihm den Zugang zum Reiterhof verwehrt hatte.

„Na schön, das verstehe ich“, sagte sie. „Aber eine Frage hätte ich noch: Woher kommt es, dass du so gut mit Waffen umgehen kannst? Ich weiß, dass du mal gedealt hast, aber …“

„Eben“, unterbrach Schott die Frau. „Und wie du auch weißt, schreibe ich seit Jahren Drehbücher für Krimiserien. Und da ist es ganz hilfreich, was von Waffen zu verstehen.“

„Was davon zu verstehen oder damit umgehen zu können, ist nicht das Gleiche. Du hast diesen Köhler doch gehört. Und eben deine Bemerkung … “

Schott schniefte und sagte: „Okay, the whole story. Aber was ich dir jetzt erzähle, erzähle ich dir nur, weil wir vielleicht gleich eins auf den Deckel kriegen. Und kein Wort davon zu Gruber, klar?“

Bischoff nickte.

„Es war auf Kreta, im Herbst ’78. Da habe ich eine Frau kennen gelernt, auch aus Berlin und auch alleine dort, in die ich mich fürchterlich verknallt habe. Wir hatten auch zwei wunderbare Wochen, aber nach unserer Rückkehr wollte sie plötzlich nichts mehr von mir wissen, angeblich, weil sie einen sehr eifersüchtigen Freund hätte.“

„So was soll vorkommen.“

„Sicher. Aber irgendwie wollte ich mich nicht abfinden damit und habe dem Kerl aus einer Laune heraus nachspioniert. Wollte wissen, was das Arschloch hat, was ich nicht habe. Ich meine, ich war auch nicht gerade der Größte, habe zusammen mit einem Kumpel eine Kneipe betrieben, hin und wieder ein Konzert organisiert und nebenher, wie du schon erwähnt hast, ein bisschen gedealt. Aber dass ich mit dem Pächter einer Tankstelle nicht mithalten konnte, empfand ich als wirklich verletzend.“

„Und weiter?“

„Na ja, dabei habe ich ziemlich schnell herausgefunden, dass der Typ nicht gerade das ist, was man einen soliden Menschen nennt. Er hat gezockt, hat mit ein paar wirklich üblen Burschen verkehrt und war, wie ich später erfahren habe, in Wirklichkeit ein professioneller Autodieb, dem der Job als Tankstellenpächter nur als Fassade diente.“

„Später?“

„Ja, denn jetzt wird's wirklich spaßig. Ich war nämlich schon entschlossen, die Sache auf sich beruhen zu lassen, da bin ich nachts auf einem Parkplatz Zeuge geworden, wie sich ein paar Schlägertypen über den Kerl hergemacht haben.

Wegen Schulden, die er bei irgendwem hatte. Ich hatte natürlich nicht vor, mich einzumischen, aber als einer der Typen aus reiner Aggression gemeint hat, er müsste auch mir blöd kommen, habe ich ihm gezeigt, dass ich ganz gut auf mich aufpassen kann.“ Schott grinste. „Und das war dann der Beginn einer ganz wunderbaren Freundschaft.“

„Du hast dich mit dem Mann angefreundet?“

„Nicht sofort natürlich. Aber irgendwie hat ihm mein Auftreten so imponiert, dass er unbedingt meine Bekanntschaft gesucht hat. Und ein paar Wochen später hat er mich dann gefragt, ob ich bei einem dicken Ding einsteigen möchte.“

Da lag der Hund also begraben! „Und, hast du?“, fragte Bischoff nach einer kurzen Pause.

„Erwartest du darauf wirklich eine Antwort?“

Arschloch, dachte Bischoff.

Ohne Bischoffs Reaktion abzuwarten, stieg Schott wieder aus und warf sich den Rucksack über die Schulter. Bischoff folgte ihm und blickte zu Köhler und dem Wiener, die am Wagenheck standen und die dunklen Wolken betrachteten, die inzwischen von Westen her aufgezogen waren. Sie zog fröstelnd ihre Jacke zusammen und sagte: „Ganz schön kalt hier oben.“

„Ja. Und so wie's aussieht, werden wir gleich auch noch Schnee kriegen“, erwiderte Köhler.

„Wäre doch gut, oder?“

„Absolut.“

„Also dann, let's go“, sagte Schott und schenkte Bischoff ein versöhnliches Lächeln, bevor er seinen Dodge absperrte.

31

„Wir gehen folgendermaßen vor", sagte Köhler zu Schott, während sie die Straße hinab zur Abzweigung marschierten. „Wir gehen erst mal in Position, checken nochmals alles durch und entscheiden dann, wann wir den Zugriff durchführen."

„Okay."

„Was haben Sie eigentlich in dem Rucksack da?"

„Was der Mensch so braucht, wenn er sich in Gefahr begibt: Ein Fernglas, Schokolade, was zum Trinken und frische Unterwäsche."

„Tatsächlich?"

Schott winkte ab. An der Abzweigung angekommen, gingen Köhler und der Wiener voran, Schott und Bischoff folgten ihnen mit etwas Abstand. Sie hatten bereits auf dem Weg hierher erfahren, dass das Haus der Hofers ungefähr einen Kilometer hinter der Abzweigung lag, hinter dem dichten Fichtenwald, der sich auch hier zu beiden Seiten der buckligen, grob gekiesten Straße erstreckte. Nach etwa sieben, acht Minuten schweigsamen Marsches stießen sie auf einen unbewaldeten, von kleinen Gräben und felsigen Stellen durchzogenen Abhang. Gleichzeitig kam das Haus in Sicht, ein gutes Stück oberhalb von ihnen und wie gehabt mit dem Wohnmobil vor der Garage. Sie blieben, noch im Schutz der Bäume, kurz stehen und folgten dem Wiener dann wortlos nach rechts und stapften hintereinander den Hang hoch.

Es dauerte weitere sechs, sieben Minuten, bis der Wiener vor ihnen Halt machte und mit einer Handbewegung beschied, zu warten. Gleich darauf tauchte zwischen den Baumstämmen oberhalb von ihnen ein junger, grünlich uniformierter Mann auf, eine kurzläufige Maschinenpistole vor der Brust, und winkte ihnen zu. Sie setzten sich wieder in Bewegung und folgten dem Uniformierten zu einer Stelle am Waldrand, wo sie, verdeckt von etwas Gebüsch, wieder freien Blick auf das Haus hatten, das nun ungefähr zweihundert Meter von ihnen entfernt war. Schott erkannte, dass es die Stelle war, von der aus das Foto gemacht worden war. Er holte das Fernglas aus dem Rucksack und richtete es auf das Haus. Er war erstaunt, wie unglaublich nah auf einmal alles wirkte. Dennoch konnte er bis auf den Rauch aus dem Schornstein kein Lebenszeichen ausmachen.

„Siehst du was?“, fragte Bischoff.

„Eigentlich nicht.“

Schott blickte erneut durch das Fernglas und sondierte die Rückseite des Anwesens, wo der Wald fast bis an das Stallgebäude reichte. Wenn Köhlers Jungs das nicht schaffen, hab ich's mit Vollidioten zu tun, dachte er. Er übergab Bischoff das Fernglas und holte das letzte Mitbringsel von Ingrid aus dem Rucksack: eine Tafel Schokolade. Er brach sich ein Stück davon ab und hielt die Schokolade Bischoff hin. Doch die schüttelte nur den Kopf und konzentrierte sich wieder aufs Beobachten. Schott unterdrückte ein Gähnen und blickte zu ihren Begleitern, die dicht gedrängt ein paar Schritte hinter ihm standen. Köhler hantierte gerade mit einem Sprechfunkgerät, die zwei anderen steckten die Köpfe über einer Landkarte zusammen.

„Was ist mit meiner Schutzweste?“, fragte Schott.

„Ist unterwegs“, erwiderte Köhler.

„Und jetzt?“, fragte Bischoff.

Köhler steckte das Funkgerät in seine rechte Jackentasche, warf einen Blick auf die Uhr und trat zu ihnen.

„Optimal wär's, wir könnten bis zur Dämmerung warten“, sagte er zu Schott. „Das würde Ihre Erklärung, Sie hätten sich verlaufen, noch glaubhafter machen. Und wir …“

„Wer sagt Ihnen denn, dass die mit Gruber nicht längst kurzen Prozess gemacht haben?“, unterbrach ihn Bischoff aufgebracht. „Wir tun hier gerade so, als hätten wir alle Zeit der Welt. Und außerdem, wie wollen Sie ihn da schützen, wenn es schon dunkel ist?“

Auch Schotts Elan war plötzlich verflogen. Fünf möglicherweise schwer bewaffnete Leute in einem Haus, das tatsächlich wie eine kleine Trutzburg wirkte. Und drinnen würde es nicht viel besser aussehen: Vielleicht ein großzügiger Flur, aber inklusive Dachgeschoss viele kleine, über drei Ebenen verteilte Zimmer. Das würde kein Spaziergang werden, so viel stand fest. Er dachte an einen Spruch, den er einmal gehört hatte: Kein Plan, der sich nicht in Luft auflöst, sobald der erste Schuss gefallen ist.

„Schon mal was von Nachtsichtgeräten gehört?“, sagte Köhler, leicht ungehalten.

„Ja, aber auch von Leuten, die an Selbstüberschätzung leiden“, erwiderte Bischoff. „Wie viele solcher Einsätze haben Sie eigentlich bereits hinter sich, wenn ich fragen darf? Das würde mich echt interessieren?“

Bevor Köhler antworten konnte, registrierte Schott am Haus eine Bewegung. Er riss Bischoff das Fernglas aus der Hand und erblickte einen älteren, dicklichen Mann mit Mantel und Hut, der nun auf der kleinen Terrasse vor dem Haus stand, mit verkniffenem, unrasiertem Gesicht, die Hände in den Manteltaschen; der gleich darauf schweren Schrittes um die Ecke ging und vor dem Wohnmobil stehen blieb.

„Sander?“, wisperte Bischoff.

„Glaube nicht. Sieht mir eher aus wie der Hausherr“, erwiderte Schott, dem dank des Fernglases nicht entgangen war, dass sich der Mann sichtlich unwohl in seiner Haut fühlte. Er sollte Recht behalten, denn schon nach wenigen Sekunden wurden zwei weitere Personen sichtbar: Ein untersetzter Mann um die fünfzig und eine dunkelhaarige Frau unbestimmbaren Alters. Die Frau trug eine Reisetasche in der rechten Hand und wirkte verbissen. Sie gesellte sich zu dem Hutträger, während der Untersetzte sich ans Steuer des Wohnmobils klemmte, den Motor startete und den Wagen mit dem Heck voran vor das Haus manövrierte. Kaum war dies geschehen, öffnete der Hutträger das Garagentor und kam Sekunden später am Steuer eines Suzuki-Geländewagens wieder zum Vorschein. Die Frau stieg zu, die Tasche auf dem Schoß, und der Suzuki brauste die Straße hinab in Richtung Wald. Das Wohnmobil wieder auf seinem ursprünglichen Platz eingeparkt, stieg der Untersetzte aus und verschwand im Haus.

„Scheiße. Das bedeutet nichts Gutes“, murmelte Schott.

„Vielleicht wollen sie nichts damit zu tun haben?“, sagte Köhler, der die Szene ebenfalls durch ein Fernglas beobachtet hatte.

„Eben."

„Das muss aber noch lange nicht heißen, dass Sander jetzt …"

„Woher wollen Sie das wissen?", fuhr ihn Bischoff an.

„Sie hat Recht", sagte Schott. „Wir gehen jetzt schon die ganze Zeit davon aus, dass diese Typen Gruber ewig am Leben lassen. Aber warum sollten sie? Warum sollten sie sich jetzt noch mit ihm abgeben, jetzt, wo sie sich in Sicherheit glauben und allein mit ihm sind, ohne Zeugen …"

„Vielleicht glauben sie aber auch, sie brauchen ihn auch weiterhin noch, als Geisel für ihre weitere Flucht etwa?", entgegnete Köhler.

„Und wenn nicht?"

Köhler sagte nichts, blickte nur fragend zu dem Wiener.

Schott schlug erregt mit der Faust gegen seine rechte Jackentasche. „Sagen Sie schon, was ist, wenn diese Typen gerade beschlossen haben, Gruber loszuwerden?"

„Sie möchten, dass wir sofort zuschlagen?"

„Ja. Auf der Stelle." Nach diesen Worten griff er in seine Jackentasche und probierte aus, wie schnell er seinen Revolver ziehen konnte. Köhler und der Wiener schauten ihm verblüfft dabei zu.

„Aber …", wandte Köhler ein.

„Sie haben mich engagiert, also müssen Sie es auch mir überlassen, wie ich meine Arbeit mache“, erwiderte Schott. „Wie lange brauchen Sie, bis Sie in Stellung sind?“

„Fünfzehn, maximal zwanzig Minuten …“

„Was ist mit seiner Schutzweste?“, fragte Bischoff. „Wo bleibt die denn?“

„Da kommt sie gerade“, erwiderte Köhler und wies auf einen weiteren Uniformierten, der eben auftauchte, mit einem Bündel unter dem Arm. Bischofflegte Schott die Hand auf den Arm und blickte ihn aufmunternd an. „Keine Sorge“, sagte sie mit gedämpfter Stimme. „Ich werde den Jungs schon Dampf machen, damit sie rechtzeitig zur Stelle sind.“

„Das will ich auch stark hoffen.“

„Ja. Aber nur, wenn ich irgendwann auch den Rest der Geschichte erfahre …“

32

Gruber hockte in seiner Ecke des Kellers und starrte die Tür an, verwundert darüber, dass er überhaupt noch klar denken konnte. Aber nun würde es wohl nicht mehr lange dauern, das Geräusch des abfahrenden Wagens hatte ihm genug gesagt. Nun, wo er mit dieser Drecksbande vermutlich allein war, würden sie nicht mehr lange zögern. Und wieso auch? Er hatte seinen Zweck erfüllt und Mitleid war nicht drin, nicht bei dieser Spezies.

Ob man ihn zwingen würde, sich das eigene Grab zu schaufeln? Vor seinem geistigen Auge erschienen Szenen aus Dokumentarfilmen, in denen Juden Massengräber aushoben, bewacht von SS-Einheiten, die kurz darauf das Feuer auf sie eröffneten. Niemals, sagte er sich, nicht mit mir. Zugleich fragte er sich, wo man in diesem felsigen Gelände überhaupt eine Stelle finden würde, um ihn unter die Erde zu bringen. Vielleicht werfen sie mich einfach in eine Schlucht, dachte er. Schaffen mich dorthin, an den Rand des Abgrunds, und peng!

Er schüttelte den Kopf und entschied, wenn schon, dann in diesem Keller zu sterben. Nochmals hinaus und die Schönheit der Welt vor Augen, nein, das wäre zu viel, das würde er nicht mitmachen. Er zupfte an der groben Wolldecke, die

Sander ihm zwischendurch gebracht und übergeworfen hatte, und betrachtete erneut den kleinen Schatz in seiner rechten, halb geöffneten Hand. Seine letzte, seine einzige Chance! Aber auch nur, wenn Sander mitspielte. Und er trotz der Übelkeit und der Fieberschübe, die ihn seit Stunden plagten, noch die Kraft dazu aufbringen würde. Die Kraft und die Schnelligkeit.

Er hörte Schritte auf der Treppe, ein kurzes Innehalten vor der Tür, dann ein Räuspern. Es war so weit! Einen Augenblick später stand Sander auch schon vor ihm und musterte ihn mit unbehaglichem Blick.

„Tja, da wären wir nun …“, sagte Sander.

Gruber sagte nichts.

„Sie halten mich für ein Monster, richtig?“, sagte Sander. „Aber da täuschen Sie sich. Ich bin ein ganz normaler Mensch, der nur getan hat, was er für richtig hielt.“

„Das ändert nichts daran, dass Sie nichts weiter als ein gemeiner Mörder sind“, erwiderte Gruber. „Die Leute, die Sie umgebracht haben, hatten wenigstens ein Ziel, vielleicht sogar Ideale, so idiotisch die auch sein mochten. Aber Sie, Sie haben aus reiner Mordlust gehandelt.“

„Das kann schon sein. Aber wie gesagt, ich hatte meine Gründe. Und hat nicht schon Nietzsche gesagt, Rache wäre das reinste Motiv?! Aber gut, wenn Sie einen Ausweg wissen, nur heraus damit."

Ein winziger Hoffnungsschimmer!

Gruber überlegte kurz und sagte: „Der Deal wäre, Sie lassen mich gehen und ich würde Ihnen dafür zwölf Stunden Vorsprung geben. Und das wären zwölf Stunden mehr, als Sie verdient hätten."

„Zwölf Stunden, hm?"

„Ja. Mein Wort darauf."

„Tja, nicht, dass ich das Angebot nicht zu schätzen wüsste, aber leider muss ich ablehnen." Sander knetete seine Hände und blickte sich unruhig um. „Ich würde Ihnen ja gerne erlauben, einen Abschiedsbrief an Ihre Frau zu schreiben, aber Sie wissen ja selbst am besten, mit welchen Mitteln die heute im Labor Spuren sichern können. Und das kann ich nicht riskieren, so leid's mir tut."

„Man wird Ihnen auch so auf die Spur kommen, keine Sorge."

„Auf die Spur kommen und etwas beweisen können ist zum Glück noch immer zweierlei."

Gruber schüttelte nur den Kopf. War fast versucht, Sander zu sagen, dass er auch so geliefert war, sollte er in Verdacht geraten, aber dennoch irgendwie davonkommen. Denn so wie er Schott einschätzte, würde der sich einen Dreck um mangelnde Beweise scheren. Der würde sich den Mann einfach schnappen und zum Reden bringen. Und dann töten! Und sich anschließend um Sanders Gefolge kümmern. Falls Sander vorher nicht schon selbst auf die Idee gekommen war, sich seiner Komplizen zu entledigen.

„Also dann …", sagte Sander, „bringen wir's hinter uns, würde ich sagen." Gleichzeitig holte er seine Pistole unter seiner Jacke hervor.

„Warten Sie. Eine Bitte nur …" Gruber warf die Decke ab und streckte Sander seine gefesselten, zu Fäusten geballten Hände entgegen. Er kämpfte sich auf die Beine und gleichzeitig gegen das Schwindelgefühl an, das ihn wieder umzuwerfen drohte. „Ich möchte nicht so … Sie verstehen schon …"

Sander zögerte kurz, ehe er widerwillig in seine Jackentasche griff und den Schlüssel für die Handschellen herauszog.

„Okay, aber erst auf die Knie", befahl er.

Gruber kniete sich hin.

Sander hielt ihm die Pistole an den Kopf, während er mit dem Schlüssel hantierte, doch bevor er dazu kam, die Handschellen aufzuschließen, erklangen erneut Schritte auf der Treppe. Sander fuhr herum, und da kam auch schon der Große in den Raum gestürzt und sagte zu Sander: „Da kommt jemand aufs Haus zu."

„Allein?“

„Ich glaube schon …“

„Und wer?“

„Weiß nicht. Irgendein alter Sack. Wahrscheinlich ein Wanderer.“

„Behaltet ihn im Auge.“ Sander versetzte Gruber mit dem Pistolenkolben einen leichten Schlag auf die Schädeldecke. „Und du, keinen Ton, hörst du? Oder der Typ da draußen stirbt mit dir.“

Gruber nickte nur.

„Und wenn er nach den Hofers fragt?“, wollte der Große noch wissen.

„Dann lass dir was einfallen, Herrgott noch mal. Aber sei höflich. Schick am besten die Karola raus, wenn's sein muss.“

„Alles klar.“ Der Große machte kehrt und hastete die Treppe hoch. Sander blickte ihm kurz hinterher und wandte sich wieder Gruber zu. Der die winzige Zeitspanne genutzt hatte, um mit letzter Kraft wieder auf die Beine zu kommen, und Sander exakt in diesem Moment den rostigen, etwa acht Zentimeter langen Nagel, den er auf dem Boden unter einem der Regale entdeckt hatte, mit voller Wucht ins rechte Auge rammte.

33

Je näher Schott dem Haus kam, desto mulmiger wurde ihm zumute. Gut, auf die Bischoff konnte er zählen. Die war taff und cool. Aber was war mit den anderen? Auch wenn er davon ausgehen konnte, dass Köhler und seine Jungs ohne Ende trainiert hatten, in der Realität herrschten andere Gesetze, bestimmten dumme Zufälle und menschliche Schwächen das Geschehen. Selbst wenn es Köhler & Co. gelingen sollte, unbemerkt in das Gebäude einzudringen, würden sie auch schnell, überlegt und entschieden genug handeln, wenn der Feuerzauber erst mal losgegangen war? Oder würden sie zunächst nur an ihre eigene Sicherheit denken und Sander und dessen Leuten so Gelegenheit geben, sich in letzter Sekunde an Gruber auszutoben?

Am Wohnmobil angekommen, blieb er kurz stehen und taxierte die paar Fenster vor ihm. Hinter keinem war eine Bewegung erkennbar. Er spannte den Hahn des Revolvers in seiner Jackentasche und ging schweren Schritts weiter. Nun gab es kein Zurück mehr. Er bog um die Hausecke und blieb unterhalb der paar Steinstufen, die zur Haustür hoch führten, erneut stehen. Zu sehen war noch immer niemand. Er schniefte und versuchte, sich so locker wie möglich zu geben. Was jetzt? Sollte er zur Tür hochgehen und sich bemerkbar machen oder lieber warten, bis sich jemand blicken ließ? Gleichzeitig wurde ihm klar, dass er eigentlich schon viel zu lange gezögert hatte, dass ein verirrter Wanderer längst angeklopft hätte. Im nächsten Augenblick wurde die Tür halb geöffnet und eine junge Frau steckte ihren Kopf ins Freie und musterte ihn misstrauisch.

Eine blonde Frau um die Mitte zwanzig, nicht hübsch, nicht hässlich, aber mit einem harten Zug um die Mundwinkel.

„Ja…?“, fragte sie mit abweisender Stimme.

„Tut mir leid, wenn ich störe, aber ich fürchte, ich habe mich verlaufen. Habe da oben irgendwo eine Abkürzung genommen und jetzt weiß ich nicht mehr, wo ich bin.“

„Wo wollen Sie denn hin?“

Gute Frage. „Na ja, ins Tal runter natürlich …“

Die Frau trat einen Schritt vor die Tür und deutete zur Straße. „Einfach da lang und vorne bei der Abzweigung dann rechts hinunter. Können Sie gar nicht verfehlen.“

„Und wie weit ist das ungefähr? Ich meine, bis zur nächsten Ortschaft?“

„Fünf, sechs Kilometer vielleicht …“

„Alles klar. Hätten Sie vielleicht einen Schluck

Wasser für mich? In der Hektik habe ich blöderweise alles aufgebraucht, was ich bei mir hatte."

Die Frau verzog das Gesicht und Schott hätte sich für sein stümperhaftes Vorgehen ohrfeigen können. Was, wenn sie jetzt einfach kehrtmachte, die Tür zuknallte und ihn hier stehen ließ?

„Okay, warten Sie einen Moment."

Schott nickte und atmete tief durch. Die Frau verschwand wieder im Haus, die Tür blieb einen Spalt breit offen. Schott glaubte, Stimmengemurmel zu vernehmen, kam sich immer mehr wie auf dem Präsentierteller vor. Hatten sie doch Verdacht geschöpft? Würde statt der Frau gleich die Mündung einer Waffe auftauchen? Er blickte kurz zu dem Brunnen mit dem hölzernen Wassertrog ein paar Meter links von sich, der einzigen Deckung weit und breit. Bis ich dahin komme, bin ich dreimal tot, dachte er. Und selbst wenn, wäre seine Position dort ziemlich aussichtslos.

„Hier, bitte …"

Die Frau war zurück, eine halbvolle Plastikflasche mit Mineralwasser in der ausgestreckten rechten Hand. Schott tat so, als würde er danach greifen, und versetzte der Frau stattdessen einen Kopfstoß mitten ins Gesicht. Er spürte, wie die Nase und vielleicht auch die Wangenknochen der Frau zu Bruch gingen, hielt sich aber nicht lange damit auf. Noch während die Frau lautlos zusammensackte, befreite er sich von seinem Rucksack und zerrte seinen Revolver aus der Tasche. Richtete die Waffe auf die Tür, wo im selben Augenblick ein junger, auffällig großer Mann erschien, ein kurzläufiges Gewehr in den Händen. Eine scheiß Pump-Gun! Doch statt sofort zu feuern, trat der Mann einen weiteren Schritt vor und stieß dabei mit der Stirn gegen den Türstock.

Überrascht hielt auch Schott für einen Moment inne und starrte ungläubig auf das Bild, das sich ihm bot. Auf das verdutzte Gesicht und die Pump-Gun, die nun ziellos umherschwenkte. Dann ging er blitzschnell in Positur, den Revolver mit beiden Händen fest gepackt, und drückte zweimal ab. In den Oberkörper getroffen, stolperte der Große zurück in den Flur, blieb aber auf den Beinen. Und auch sein Gewehr behielt er in der Hand.

Schott feuerte ein drittes Mal, während er über den reglosen Körper der Frau hinweg sprang und mit zwei, drei Schritten an der Hauswand rechts von der Haustür war. Er holte einmal tief Luft, horchte kurz und spähte mit vorgehaltenem Revolver um die Ecke in den halbdunklen Flur. Nichts. Keine Spur von dem Kerl. Was nun? Schott wurde plötzlich leicht flau und er musste ein paar Mal blinzeln, um wieder klar zu sehen. Wo blieb Sander, verdammt noch mal? Und wo zum Teufel steckten Bischoff und dieser Köhler?

Er blickte angestrengt zu der Tür am Ende des Flurs, aber auch hier rührte sich nichts. Kommt schon, Leute, dachte er. Gleichzeitig registrierte er eine Bewegung an der Tür zur Wohnstube. Doch bevor er abdrücken konnte, sprang der Große schon in geduckter Haltung heraus, die Pump-Gun auf Schott gerichtet. Schott zog blitzschnell den Kopf ein, spürte nur, wie sich in den ohrenbetäubenden Krach der Schrotflinte ein leichter Schlag gegen seinen linken Ärmel mischte. Vernahm noch das unverkennbare Nachladegeräusch, ehe im Flur zwei Pistolenschüsse fielen, denen gleich darauf zwei weitere folgten. Als er wieder hinblickte, stand der Große immer noch, nun aber mit der Pump-Gun zu seinen Füßen und das Jeanshemd blutig. Bis er nach zwei, drei Sekunden einen erstickten Laut von sich gab und einfach umfiel und mit dem Gesicht auf der Türschwelle aufschlug. Aber da hatte Schott sich schon abgewandt, den Blick auf Bischoff gerichtet, die nun mit erhobener Pistole in der Mitte des Flurs stand. Hinter ihr schoben sich Köhler und zwei seiner Leute in den Flur.

„Sander?“, rief Köhler.

Schott schüttelte nur den Kopf.

„Vielleicht oben“, sagte Bischoff.

Sie alle blickten die steile Holztreppe hoch, die rechts von der Haustür nach oben führte. Köhler zögerte kurz, rückte dann mit erhobener Maschinenpistole zum Fuß der Treppe vor, stieg vorsichtig ein, zwei Stufen empor und rief: „Wenn Sie da oben sind, Sander, geben Sie auf! Sie haben keine Chance! Wir haben das Haus umstellt!"

Keine Reaktion.

Nichts rührte sich.

Alles blieb ruhig und leer.

„Also los", sagte Köhler.

„Ich bin hier unten", war es undeutlich aus dem Keller zu vernehmen.

Alle fuhren wie elektrisiert herum.

„Gruber", sagte Schott, drängte den Sturmtrupp beiseite und eilte, gefolgt von Bischoff, die enge Kellertreppe hinab.

„Bist du allein?", rief er nach den ersten paar Stufen.

„Nicht ganz …"

Schott blieb abrupt stehen, sodass Bischoff gegen seinen Rücken prallte. Aber da tauchte Gruber auch schon in dem kleinen Durchgang auf, der in die Kellerräume führte, eine Pistole in der herabhängenden rechten Hand. Trotz seiner Freude erschrak Schott über den Anblick. Gruber schien unverletzt, aber er wirkte, als sei er von den Toten auferstanden. Aschfahl, verschwitzt und mit keuchendem Atem wankte er auf Schott zu, dem es gerade noch gelang, ihn aufzufangen. Schott drückte ihn fest an sich, während Bischoff sich an den beiden vorbeizwängte und vor Sander stehen blieb, der reglos mit blutüberströmtem Gesicht vor der Tür zu einem der Räume lag. Sie betrachtete den Toten ein paar Sekunden lang und half Schott, Gruber nach oben zu schaffen, wobei sie ihm die Waffe abnahm und in Schotts linke Jackentasche steckte.

„Was ist mit Sander?“, fragte Köhler, nachdem er Gruber mit einem verlegenen Lächeln kurz die Hand auf die Schulter gelegt hatte.

„Er liegt unten“, erwiderte Schott. „Tot, würde ich sagen.“

„Und wie …?“

„Mensch, sehen Sie doch selbst nach“, rief Schott entnervt.

„Ins Bad?“, fragte Bischoff Gruber.

„Unbedingt.“

Schott sah noch zu, wie Gruber von Bischoff ins Bad geleitet wurde, und trat ins Freie hinaus. Noch immer leicht benommen und nun auch mit Kopfschmerzen, die bis in seinen Nacken hinabstrahlten. Am Rand der Terrasse blieb er stehen und schaute kurz zu, wie einer von Köhlers Leuten der noch immer reglos daliegenden Frau erst den Puls fühlte und dann mit einer Taschenlampe in die Augen leuchtete. Ich kenne nicht mal ihren Namen, dachte er, bevor ihm einfiel, dass Köhler etwas von einer „Karola Bäumer" gesagt hatte. Er lief die paar Stufen hinab, schnappte sich seinen Rucksack und ging um die Ecke. Hier setzte er sich mit angezogenen Knien an die Hauswand, die Hände vor der Brust verschränkt, und versuchte, an gar nichts zu denken, bis der Adrenalinrausch abgeebbt war. Nach etwa einer Minute gesellte sich Köhler zu ihm, blieb aber stehen.

„Ich muss schon sagen ...", begann er zögerlich. „Sie haben es wohl gar nicht erwarten können, die Frau ins Koma zu schicken und dem anderen ein paar Kugeln zu verpassen?"

„Sie haben leicht reden. Ich hab da draußen den Arsch im Freien und Sie lassen sich alle Zeit der Welt. Dauert das immer so lange bei euch, bis ihr eine Tür aufkriegt?"

„Wir hatten da ein Problem ..."

„Was?" Schott hätte beinahe aufgelacht. „Sie hatten ein Problem mit einer alten Holztür?"

„Genau genommen waren es zwei Türen, beide fest verriegelt."

„Das macht die Sache nicht besser ..."

„Und wenn schon. Sagen Sie mir lieber, was ich jetzt machen soll? Die Frau lebt noch!"

„Oh, noch ein Problem!"

„Ein Menschenleben bedeutet Ihnen wohl gar nichts?"

„Besser, Sie halten sich jetzt zurück", erwiderte Schott und erhob sich. „Wenn Gruber okay ist, bringen Sie uns zu unserem Wagen und dann verschwinden wir von hier. Und dann möchte ich nichts mehr von Ihnen hören." Er zog Sanders 9-mm-Halbautomatik aus seiner linken Jackentasche und hielt sie Köhler hin. „Hier, für Ihre Sammlung."

34

Schott zahlte, kassierte das Wechselgeld und blickte zum Fenster hinaus, während die Servicekraft die Kaffeebecher füllte und die mit Schinken und Käse belegten Brötchen einpackte. Der Schneefall, der kurz nach ihrer Abfahrt eingesetzt hatte, war inzwischen in heftigen Regen übergegangen, der von leichten Sturmböen gepeitscht gegen die Fensterscheiben prasselte. Aber egal, immerhin waren sie bereits im Salzburger Land und in spätestens einer Stunde würden sie die Grenze erreicht haben. Und dann fuck Austria! Er grinste unwillkürlich vor sich hin, konnte es noch immer nicht fassen, dass sie alle mit heiler Haut davongekommen waren. Eigentlich war es glatter Wahnsinn gewesen, was er da getan, was er da riskiert hatte!

„Hier, bitte." Die Servicekraft stellte die Tüte mit dem Kaffee und den Brötchen vor Schott auf die Theke. Schott griff danach und wollte sich eben umdrehen, als ihm noch etwas einfiel. „Haben Sie vielleicht was gegen Kopfschmerzen?"

„Nur Aspirin."

„Wunderbar."

Zwei Minuten später stand er wieder am Wagen, den Bischoff etwas abseits der Zapfsäulen geparkt hatte. Er stieg ein, platzierte die Tüte auf seinem

Schoß und reichte Gruber einen der Becher nach hinten, während sich Bischoff selbst bediente.

„Ich glaube, das hat mir am meisten gefehlt", sagte Gruber nach dem ersten Schluck unvermutet. „Ein anständiger Kaffee …"

Na Gott sei Dank, dachte Schott und wechselte mit Bischoff einen erleichterten Blick. Sie hatten die Fahrtbislang weitgehend schweigend verbracht, keiner wollte oder konnte über das sprechen, was hinter ihnen lag. Gruber hatte nur kurz mit Ingrid telefoniert und ihr versichert, dass es ihm gut ginge und sie alle in wenigen Stunden wieder zuhause sein würden.

„Der Zimmerservice dort oben war wohl nicht so toll, hm?", sagte Schott.

„Lausig wäre noch gelobt … Ich versau dir übrigens deinen Wagen, das weißt du hoffentlich."

„Immer noch besser, als wenn du Klamotten von diesem Hofer angezogen hättest. Dann hättest du den Bus nehmen dürfen."

„Wir müssen uns langsam überlegen, was wir sagen", warf Bischoff ein. „Der Werner zum Beispiel oder diesem Lamprecht."

„Wir sagen überhaupt nichts", bestimmte Schott. „Gruber ist wieder da und die anderen sind für immer weg. Ende der Geschichte."

„Ihr glaubt also wirklich, dieser Köhler und sein

Verein können das geheim halten?", fragte Bischoff weiter.

„Warum nicht? Wäre bestimmt nicht die erste Sache dieser Art, die vertuscht wird. Oder glaubst du, die da oben sind scharf auf Schlagzeilen wie: Ex-Bulle macht gemeinsam mit Neonazis Jagd auf ehemalige Terroristen?"

„Und die Toten auf dem Reiterhof?"

„Waren irgendwelche Terroristen aus dem Ausland, die mit dem Weber und seiner Alten noch eine Rechnung offen hatten."

„Und was geschieht mit der Frau, dieser Karola Bäumer?"

„Keine Ahnung. Aber falls sie noch mal aufwachen sollte, wird sie wohl für die nächsten paar Jahrzehnte in der geschlossenen Psychiatrie landen."

„Und die Hofers?"

„Die werden das Maul halten und für den Rest ihres Lebens in Angst leben. Und damit kommen sie noch verdammt gut weg."

„Ich finde das trotzdem nicht richtig", sagte Bischoff nach einer Pause.

„Was?"

„Das mit der Frau. Dass die vielleicht ohne Prozess einfach weggesperrt wird."

Schott zuckte nur mit den Schultern und auch Gruber sagte nichts.

„Ich gehe noch kurz zur Toilette", sagte Bischoff, schon halb ausgestiegen.

„Bin gleich wieder zurück."

Schott und Gruber blickten sich lange an.

„Willst du drüber reden?", fragte Schott schließlich.

Gruber schüttelte den Kopf. „Später vielleicht … Und du?"

„Weder jetzt noch später, schätze ich."

Gruber nickte. „Ich weiß jedenfalls nicht, wie ich dir und auch der Bischoff danken soll."

„Vergiss es."

Gruber trank seinen Becher aus und reichte ihn Schott, der den Becher einfach aus dem Fenster warf.

„Habe ich dir schon mal erzählt, warum ich Polizist geworden bin?", sagte Gruber unvermutet. „Ich meine, warum ich's wirklich gemacht habe, und nicht diesen Blödsinn, den ich manchmal von mir gebe, wenn ich darauf angesprochen werde. Dass ich im Grunde ein feiger Mensch wäre und deswegen zur Polizei gegangen bin, quasi als Therapie?"

„Nein, hast du nicht."

Gruber holte tief Luft. „Du weißt doch, dass wir zuhause immer einen Hund hatten, oder?"

„Ja, klar …"

„Also, ich war vielleicht neun oder zehn, da ist

die Nellie, ein Mischling, den meine Eltern gleich nach meiner Geburt gekauft hatten und der mir in all den Jahren praktisch nicht von der Seite gewichen ist, an einem Tumor im Bauch erkrankt. Eine Operation hätte an die hundert Mark gekostet, allerdings ohne Erfolgsgarantie. Jedenfalls weiß ich noch, dass meine Eltern darüber diskutiert haben. Hundert Mark waren damals ein kleines Vermögen für uns, ja, und dann hat mein Vater eine Schaufel genommen und ist mit mir und Nellie ins Moor hinaus …" Gruber machte eine Pause und blickte kurz zur Seite. „Du hast meinen Vater ja kaum gekannt, aber ich übertreibe jetzt nicht, wenn ich sage, dass er immer ein herzensguter Mensch war. Nicht immer unbedingt zuverlässig und die Trinkerei hat ihm natürlich auch nicht gut getan, aber er hat mich nie geschlagen oder ist meiner Mutter blöd gekommen, wenn die ihm mal wieder die Hölle heiß gemacht hat. Das Einzige, was er sich in der Richtung mal erlaubt hat, war, dass er seine Mütze nach mir geworfen hat."

„Seine Mütze?"

„Ja."

Schott lachte kurz. „Wow, ganz schön heftig, muss ich sagen."

„Na ja, jedenfalls sind wir da raus und obwohl ich natürlich wusste, was er vorhatte, habe ich nichts dagegen getan. Ich meine, ich bin mit diesem Hund groß geworden, er hat mich überallhin begleitet, war immer da und hat auf mich aufgepasst. Und trotzdem habe ich es zugelassen, dass ihn mein Vater erschlagen hat. Aber das Allerschlimmste war der Blick von Nellie nach dem ersten Schlag, diese maßlose Überraschung in ihren Augen. Der Schock darüber, dass wir zu so etwas fähig waren. Diesen Blick werde ich nie vergessen. Und ich werde mir auch nie verzeihen, dass ich nichts unternommen habe. Dass ich meinen Vater weder angebettelt noch gedroht habe. Dass ich nur dabeigestanden und zugesehen habe und mich maßlos geschämt habe für meine Feigheit, meinen Verrat."

„Hast du mit deinem Vater später mal darüber gesprochen?"

Gruber schüttelte den Kopf. „Ich hab's mir immer mal wieder vorgenommen, es aber nie geschafft. Dabei hätte ich nur zu gerne gewusst, wieso er den Tierarzt nicht gebeten hat, den Hund einzuschläfern. Oder wenigstens den Jagdpächter gefragt, dass der ihn erschießt." Gruber verstummte und blickte zum Fenster hinaus, vor dem eben ein riesig wirkender Pick-up mit jeder Menge Scheinwerfer auf dem Dach angehalten hatte. Auch Schott schaute hin und griff unwillkürlich nach seinem Rucksack, der zu seinen Füßen lag.

Doch der Fahrer warf ihnen nur einen kurzen, desinteressierten Blick zu, stieg aus und verschwand breitbeinig in Richtung Kassengebäude.

„Insoweit stimmt es doch", sagte Gruber. „Ich bin wirklich ein feiger Mensch."

„Bullshit", erwiderte Schott. „Aber jetzt mal im Ernst: Um diesen Scheiß wiedergutzumachen, bist du Polizist geworden?"

„Nicht bewusst, denke ich. Aber eine andere Erklärung habe ich nicht …"

„Na ja, es gibt wahrscheinlich schlechtere Gründe."

Ein Klopfen auf das Wagendach verriet ihnen, dass Bischoff zurück war. Sie stieg ein und blickte erst zu Gruber, bevor sie Schott fixierte und sagte: „Dieser Köhler hat mich gerade angerufen."

„Und?", fragte Schott.

„Er sagt, die Frau hätte einen Atemstillstand gehabt und wäre leider nicht mehr zu retten gewesen."

„Tut mir leid, irgendwie", sagte Schott.

„Du glaubst das einfach so?"

„Und wenn nicht? Wen würde es interessieren?"

„Da wäre noch was", mischte sich Gruber ein. „Sander hat behauptet, dass er mit dem Verschwinden der König nichts zu tun gehabt hätte."

„Und das hast du ihm abgenommen?", fragte Bischoff.

„Warum nicht? Er hatte zu dem Zeitpunkt keinen Grund, mich anzulügen."

„Also waren's doch die zwei anderen?", fragte Schott. „Dieser Weber und seine Frau?"

„Vielleicht. Vielleicht aber auch nicht. Jedenfalls weiß ich, wo wir gleich morgen früh suchen werden."

„Und wo?", fragten Schott und Bischoff gleichzeitig.

Gruber sagte es ihnen.

„Bei dem?" Bischoff war skeptisch. „Und wie kommst du darauf?"

„Der Weber hat mir gestern Abend einiges erzählt. Aber jetzt los, ich muss endlich aus meinen Klamotten raus und ins Bett."

Bischoff startete den Motor, fuhr an einer Reihe geparkter Lkws entlang und fädelte sich wieder in den Verkehr ein.

35

„Muss das wirklich sein?“, fragte Ingrid am nächsten Morgen, als Gruber nach dem Frühstück vom Tisch aufstand und ungeduldig auf die Uhr blickte. „Du gehörst ins Bett.“

„Ja, das muss sein, tut mir leid“, erwiderte Gruber. „Außerdem muss ich meinen Wagen abholen.“

„Wie bitte?“

Gruber beugte sich zu Ingrid herunter und küsste sie auf die Stirn. „Keine Sorge, ich bin spätestens gegen Mittag wieder da. Und dann gehöre ich ganz dir.“

Ingrid schüttelte nur den Kopf und Gruber ging in den Flur hinaus, um sich fertig anzuziehen. Er hatte kaum das Holster mit der Heckler & Koch an seiner Hüfte befestigt, als er Bischoffs Roadster heranfahren hörte. Er warf noch einen kurzen Blick in die Küche, doch Ingrid tat so, als würde sie ihn nicht bemerken.

„Und, wie hast du geschlafen?“, fragte Bischoff, nachdem sich Gruber auf den Beifahrersitz gezwängt hatte.

„Bestens. Und du?“

„Frag lieber nicht. Dieser Köhler hat mich übrigens gerade angerufen. Es sei alles bereinigt, hat er gesagt.“

„Und die Hofers?“

„Die halten sich noch in Wien auf. Keine Ahnung, wie es mit denen weitergeht.“

Bischoff wendete und fuhr los. Knapp vierzig Minuten später parkte sie neben Grubers Peugeot ein, der noch immer vor dem Haus von Niedermeier stand. Sie waren kaum ausgestiegen, als die Haustür aufging und Niedermeier heraustrat. Leicht nachlässig gekleidet, aber ohne jeden Argwohn, wie es schien, auch wenn sein Lächeln etwas angestrengt wirkte.

„Herr Kommissar!“, rief er mit etwas zu lauter Stimme, während er sich einen Hemdzipfel in die Hose stopfte und die Hosenträger hochzog, „habe schon gedacht, Sie hätten vielleicht vergessen, dass Ihr Wagen hier steht.“

„Ich hoffe, er war Ihnen nicht zu sehr im Weg.“

„Ach was. Und, haben Sie schon eine heiße Spur, was dieses Killerkommando angeht? In den Nachrichten hat's geheißen, es wären irgendwelche Terroristen aus dem Nahen Osten gewesen, die mit dem Weber und der Fürmann noch eine Rechnung offen gehabt hätten.“

„Eine heiße Spur nicht gerade, aber ein paar durchaus konkrete Hinweise. Aber das bleibt unter uns, verstanden?“

„Klar. Ich meine, wenn ich auf diesen Weber

und seine Frau auch nicht gut zu sprechen war, das haben sie dann doch nicht verdient."

Wer's glaubt, wird selig, dachte Gruber. Er sagte: „Hätten Sie vielleicht einen Moment Zeit. Es gäbe da noch eine Kleinigkeit zu klären."

„Dann kommen Sie mal rein."

„Bleiben wir doch hier draußen und setzen uns in die Sonne", sagte Gruber und deutete auf die kleine, verwitterte Holzbank an der Hauswand.

„Wie Sie möchten ..."

Gruber ging voran und setzte sich. Niedermeier zögerte kurz, den Blick auf den Gemüsegarten gerichtet, ehe er sich neben Gruber auf die Bank zwängte. Bischoff lehnte sich gegen die Hauswand und gab sich unbeteiligt.

„Also Herr Kommissar, wie kann ich helfen?"

„Vorgestern Abend, als ich hier draußen mit Ihnen gesprochen habe, was haben Sie da hinter der Tür eigentlich versteckt? Eine Waffe?"

Vielsagendes Schweigen.

„Wir sind nicht gekommen, um Sie deswegen dranzukriegen", sagte Gruber. „Es hätte mich nur interessiert."

„Das Gewehr hat meinem Vater gehört", erklärte Niedermeier nach einer weiteren Pause mit Schmerz in der Stimme. „Es ist das Einzige, was mir von ihm geblieben ist."

„War Ihr Vater Jäger?“

Niedermeier nickte. „Er war sogar lange Zeit hier in der Gegend der Jagdpächter. Hat mich oft mitgenommen hinaus …“

„Und, haben Sie noch andere Waffen im Haus?“

„Nein, natürlich nicht.“

„Na schön …“ Gruber rieb sich mit nachdenklicher Miene das Kinn und wies nach einem Blick zu Bischoff mit dem Zeigefinger auf die Blumen und die teils schon bearbeiteten Beete vor ihnen. „Was meinen Sie, was wohl dabei herauskommen würde, wenn ich einen Leichenspürhund auf Ihren hübschen Gemüsegarten da loslassen würde?“

Gruber spürte, wie Niedermeier zusammenzuckte und ihm buchstäblich die Luft wegblieb.

„Was?“, krächzte er kaum vernehmbar.

„Diese Hunde können eine vergrabene Leiche bis zu einer Tiefe von drei, wenn nicht vier Metern erschnüffeln“, sagte Gruber weiter. „Denen bleibt nichts verborgen …“

Niedermeier hatte sichtlich Mühe, die Fassung zu bewahren. „Und wer sollte da liegen?“, fragte er.

Gruber lächelte bitter.„Frau König, wer sonst?“

„Und wieso?“

„Das würden wir gerne von Ihnen erfahren.“

„Tut mir leid, Herr Kommissar, aber ich verstehe kein Wort.“

Niedermeier erhob sich ungelenk und stakste ein paar Schritte auf und ab, den Blick in die Ferne gerichtet.

„Tatsächlich?“, sagte Gruber. „Nun, ich werd's Ihnen erklären: Wie Ihnen bekannt sein dürfte, haben Ihre Nachbarn Weber und Fürmann bis zuletzt abgestritten, die Frau umgebracht zu haben. Und soweit wir ermittelt haben, entspricht dies auch der Wahrheit. Die beiden hatten nichts damit zu tun. Eine weitere Spur, die wir verfolgt haben, hat sich auch als Sackgasse erwiesen. Also habe ich überlegt, wer sonst noch als Täter in Frage kommen könnte, zum Beispiel jemand aus dem Tal hier. Und siehe da, da sind Sie mir eingefallen.“

Niedermeier war stehen geblieben, sagte aber nichts. Stand nur wie angewurzelt da und atmete schwer. Vermied es weiterhin, Gruber oder Bischoff anzusehen.

„Ich wäre vielleicht schon viel früher darauf gestoßen“, sagte Gruber weiter, „wenn ich die Vorgeschichte von dem Reiterhof gekannt hätte. Dass Ihr Vater mal der Besitzer war und verkaufen musste und dass Sie bis heute unter dem Verlust leiden würden.“

„So ein Blödsinn …“

„Der Herr Weber hat etwas anderes behauptet. Aber damit nicht genug: Er hat auch behauptet, dass Sie sich häufig im Wald rund um das Gehöft herumtreiben und den Leuten dort lästig gefallen sind."

„Na und? Ich kann spazieren gehen, wo ich will."

„Sicher. Aber ich glaube kaum, dass Sie dabei schon mal auf eine Frau getroffen sind, die ebenfalls Interesse für die Leute auf diesem Reiterhof gezeigt hat. Bis zu jenem Tag, an dem Ihnen Anna König über den Weg gelaufen ist …" Gruber wechselte einen Blick mit Bischoff, aber Niedermeier ließ nichts erkennen, was auf ein Eingeständnis gedeutet hätte.

„Was anschließend passiert ist, darüber kann ich nur mutmaßen …", fuhr Gruber fort, inzwischen überzeugt davon, auf der richtigen Fährte zu sein. „Aber wie gesagt, es liegt ganz bei Ihnen. Ihr hübscher Garten da wird jedenfalls dran glauben müssen, ob Sie nun eine Aussage machen oder nicht."

Niedermeier lief wieder ein paar Schritte auf und ab, in seinem Gesicht arbeitete es. Bis er, sichtlich niedergeschlagen, mit leiser, bedrückter Stimme erklärte: „Es war ein Unfall … Einfach nur ein blöder Unfall, das müssen Sie mir glauben."

„Ich höre …"

„Könnten wir vielleicht hineingehen? Ich muss mich setzen …"

„Natürlich."

Bischoff ging voran. Gruber blieb dicht hinter Niedermeier, die Hand an der Heckler & Koch. Er traute dem Frieden nicht ganz. Doch der Mann machte keinerlei Anstalten, ihnen dumm zu kommen. Er bat nur um ein Glas Wasser, bevor er sich im sauber aufgeräumten Wohnzimmer auf das Sofa setzte, sichtlich geneigt, sich seinem Schicksal zu ergeben. Gruber blieb an der Tür zum Flur stehen, während Bischoff in die Küche ging und mit einem Glas Leitungswasser wiederkam. Sie stellte das Glas vor Niedermeier auf dem Tisch ab.

„Sie haben Recht, ich habe sie getroffen. Habe zuerst natürlich nicht gewusst, was ich davon halten soll, dass da eine Frau im Gebüsch sitzt und mit einem Fernglas da runterschaut. Ich habe mich erst mal näher an sie rangeschlichen, um sie mir genauer anzusehen. Ich weiß noch, dass ich gedacht habe, komisch, was will denn die Alte von denen? Na ja, wie sie mich dann gehört hat, ist sie aufgesprungen und hat mich angesehen, als wollte ich ihr an den Kragen. Was garantiert nicht meine Absicht war. Aber irgendwie habe ich kein Wort rausgebracht, und bis ich reagieren konnte, hatte sie schon einen Ast gepackt und ist wie eine Furie auf mich losgegangen. Zuerst wollte ich abhauen, aber dann habe ich's doch nicht gemacht. Nicht wegen so einer

Verrückten, habe ich gedacht. Ich habe ihr den Ast aus der Hand gerissen und wollte sie gerade fragen, was der Scheiß soll, da hat sie mir in den Bauch getreten. Und zwar richtig fest. Und da habe ich ihr eine runtergehauen. Nicht fest eigentlich, aber sie ist ausgerutscht, hingefallen und dabei mit dem Hinterkopf auf eine Baumwurzel aufgeschlagen ..."

„Und daran ist sie gleich gestorben?", fragte Gruber ungläubig.

„Ich wollte es erst auch nicht glauben, aber sie war tot. Ich schwör's Ihnen, Herr Kommissar."

„Dann verstehe ich nicht, wieso Sie die Sache nicht sofort gemeldet haben?"

„Damit dann irgendein scharfer Hund von Staatsanwalt auf die Idee gekommen wäre, mir eine versuchte Vergewaltigung anzuhängen?" Niedermeier wirkte nun richtig verzweifelt. „Denen ist doch alles zuzutrauen. Wenn die einen erst mal in den Krallen haben, gerade in so einem Fall, wo denen jeder auf die Finger geschaut hätte."

„Na ja, vielleicht wäre so ein Verdacht bei einer jungen Frau aufgekommen. Aber die Frau König war über sechzig."

„Meinen Sie wirklich, das hätte eine so große Rolle gespielt?"

„Sicher, ganz bestimmt."

Niedermeier fuhr sich mit der flachen Hand

über das schüttere Haar. „Und wenn nicht?", fragte er. „Die halten mich hier doch alle für einen Sonderling, für einen, der nicht alle Tassen im Schrank hat. Und wenn so einer im Wald auf eine Frau trifft ..."

„Das klären wir noch. Aber jetzt erzählen Sie weiter."

„Als es passiert ist, war es zum Glück schon später Nachmittag. Ich habe die Leiche mit ein paar Zweigen zugedeckt und gewartet, bis es dunkel war, und sie dann hier runtergebracht. War ja nicht schwer, die Frau, nicht viel mehr als fünfzig Kilo, würde ich sagen."

„Und haben sie in Ihrem Garten vergraben."

Niedermeier zuckte mit den Schultern. „Klar, wo sonst ..."

„Und die Sache mit dem Ohrring?"

„Na ja, nachdem es passiert war, habe ich natürlich sofort nachgesehen, ob sie einen Ausweis oder Führerschein bei sich hatte. Aber der Name Anna König hat mir da noch nichts gesagt, erst am Abend, als ich bei Google nachgesehen habe. Dass die Wegners mal Komplizen von ihr waren und sie verraten haben und die Frau deswegen hinter ihnen her war, darauf bin ich natürlich nicht gekommen. Aber dass die zwei Dreck am Stecken haben, das war mir jetzt klar. Ich habe der König auch sonst alles abgenommen, was sie bei sich hatte: die Uhr, das Handy und eben auch die Ohrringe."

„Und das war wirklich alles?"

Kurzes Schweigen.

„Das Geld ist im Haus", erwiderte Niedermeier. „Zehntausend Euro. Noch alles da. Möchte nur wissen, woher sie die hatte."

„Na schön", sagte Gruber nach einer weiteren Pause. „Und als wir plötzlich aufgetaucht sind und der ganze Wirbel losgegangen ist, war für sie die Gelegenheit da, um dem Wegner endlich eins auszuwischen. Sie sind nachts auf den Hof geschlichen und haben dort den Ohrring versteckt. Und haben am nächsten Morgen diesen Schneider von der Lokalpresse angerufen und behauptet, sie hätten die König und den Wegner zusammen gesehen, richtig?"

Niedermeier nickte nur.

Gruber schüttelte den Kopf und erhob sich. Er holte sein Handy heraus und gab der Besatzung des Streifenwagens, die knapp außer Sichtweite von Niedermeiers Haus Stellung bezogen hatte, Bescheid, dass sie Niedermeier abholen könnten. Anschließend legte er Niedermeier Handschellen an und sagte dazu: „Wenn Sie wüssten, was Sie damit alles angerichtet haben."

36

Neun Tage später, nach einer Woche Urlaub auf Mallorca, setzte Ingrid Gruber Punkt 7 Uhr am Haupteingang des Traunsteiner Krankenhauses ab.

„Fast hätte ich gesagt, sei vorsichtig", sagte sie.

Gruber grinste. „Diesmal sind die anderen dran, vorsichtig zu sein, würde ich sagen."

„Hast du Angst?"

Gruber ging nicht darauf ein. „Sowie ich aufgewacht bin, melde ich mich", sagte er, nahm seine Tasche vom Rücksitz und betrat das Krankenhaus. Er wandte sich der Anmeldung zu, vor der schon ein paar andere OP-Kandidaten warteten, setzte sich auf die Bank und versuchte, an gar nichts zu denken. Als er nach etwa zwanzig Minuten an die Reihe gekommen war, erneut jede Menge Fragen beantwortet und etliche Formulare unterzeichnet hatte, fuhr er hinauf in den fünften Stock, wo ihn die Stationsschwester auf sein Zimmer geleitete. Ein hübsches Zweibettzimmer mit Blick auf die Berge. Ein etwa gleichaltriger Mann war in seine Zeitungslektüre vertieft.

„Wenn nichts dazwischenkommt, sind Sie gegen elf, halb zwölf an der Reihe", sagte die Schwester. „Der Pfleger kommt dann gleich."

„Der Pfleger?", wiederholte Gruber.

„Ja, sicher. Zum Rasieren."

„Ah ja, verstehe."

Die Schwester nickte Gruber noch freundlich zu und verschwand wieder. Gruber stellte seine Tasche auf das Bett und zog sein Sakko aus.

„Sind alle sehr nett hier", sagte sein Zimmergenosse. „Nur das Essen ist etwas gewöhnungsbedürftig. Einfach keine Würze."

„Hab nicht erwartet, dass der Schuhbeck hier kocht", erwiderte Gruber.

„Genau. Darf ich fragen, was Sie …?"

„Leistenbruch."

„Habe ich schon hinter mir." Er machte eine abfällige Handbewegung. „Keine große Sache, glauben Sie mir."

„Gut zu wissen."

Der Mann deutete auf die Zeitung vor sich auf dem Bett. „Haben Sie's schon gelesen? Jetzt wollen sie dem Mann, der diese Terroristin erschlagen hat, doch tatsächlich den Prozess machen. Wegen Körperverletzung mit Todesfolge."

„Was haben Sie denn erwartet? Dass er einen Orden erhält?"

„Warum nicht? Je weniger von diesem Gesindel frei herumläuft, desto besser, finde ich."

„So, finden Sie?"

„Logisch. Bin gespannt, was bei der Sache auf

diesem Reiterhof noch alles herauskommt.“ Er lachte meckernd. „Da hat’s ja auch ein paar von denen böse erwischt …“

„Mord bleibt Mord, egal, wen es trifft“, erwiderte Gruber, dem es zunehmend schwer fiel, Ruhe zu bewahren. „Und wenn’s recht ist, möchte ich jetzt nichts mehr von diesem Scheiß hören.“

„Das ist kein Grund, gleich unfreundlich zu werden.“

Gruber ersparte sich eine Antwort. Ohne den Mann weiter zu beachten, packte er seine Tasche aus, legte Hausmantel, Schlafanzug, Handtuch und den Beutel mit den Toilettensachen auf das Bett, dazu das Buch „In die Herzen ein Feuer“, das er sich heimlich unter den Nagel gerissen hatte. Danach zog er sich bis auf die Unterhose aus, verstaute seine Kleidung im Schrank und schlüpfte in den Schlafanzug. Nachdem er noch den Sanitärbereich inspiziert und sein Handtuch und Waschzeug dort untergebracht hatte, legte er sich ins Bett und nahm das Buch, das Anna König wohl schon eine Weile durchs Leben begleitet hatte, in die Hand

Pendragon Verlag
gegründet 1981
www.pendragon.de

Gedruckt auf holz- und säurefreiem Naturpapier

Originalausgabe
Veröffentlicht im Pendragon Verlag
Günther Butkus, Bielefeld 2013

Lektorat: Eike Birck, Anja Schwarz
Umschlag: Uta Zeißler, Bielefeld
Umschlagfoto: Marietta Heel
Satz: Pendragon Verlag auf Macintosh
Gesetzt aus der Adobe Garamond
ISBN 978-3-86532-357-6
Gedruckt in Deutschland